AtV Texte zur Zeit

Jürgen Lemke, geboren 1943. Arbeitete nach dem Studium der Außenwirtschaft mehrere Jahre im Außenhandel, war später als Dozent tätig, arbeitet als Sozialtherapeut.

In den achtziger Jahren schrieb er Texte für Liedermacher und Studentenbühnen. Bekannt wurde Jürgen Lemke durch seine Bücher „Ganz normal anders. Auskünfte schwuler Männer" (Aufbau-Verlag 1989), das in der DDR und in der Bundesrepublik gleichzeitig herauskam, und „Hochzeit auf dänisch. Man(n) und Männer" (Aufbau Taschenbuch Verlag 1992).

Wenn Kinder in der Pubertät homoerotische Neigungen entdecken, sind sie selbst höchst verwirrt, erfährt die Familie davon, ist sie ratlos: Spott und Ablehnung in Schule und Sportverein, im Freundeskreis. Jürgen Lemke ist mit mehreren Veröffentlichungen zum Thema seit Jahren engagiert. Sein Ratgeber führt homosexuelle Jugendliche zu mehr Klarheit und Sicherheit bei ihrer Identitätsfindung, er hilft Eltern, Erziehern, Freunden, das ihnen bisher Unbekannte zu verstehen und zu akzeptieren.

Jürgen Lemke

Verloren am anderen Ufer?

Schwule und lesbische Jugendliche und ihre Eltern

Aufbau Taschenbuch Verlag

ISBN 3-7466-8999-6

1. Auflage 1994

Reihengestaltung nach einem Entwurf von Sabine Müller,
FAB Verlag, Berlin
Umschlaggestaltung Torsten Lemme, Berlin
Satz LVD GmbH, Berlin
Druck Elsnerdruck, Berlin
Printed in Germany

Inhalt

Vorwort

Nachdem mich Herr Lemke gefragt hatte, ob ich das Vorwort für dieses Buch schreiben könnte, habe ich mehr darüber nachgedacht, was Homosexualität ist. Ich höre jetzt auch genauer hin, wenn Menschen ihre Bemerkungen darüber machen. In einem Buch fand ich einen Spruch, der zu dem Thema paßt: „Dem Anderen sein Anderssein vergeben, ist der Anfang der Weisheit".

Später fand ich den Spruch nicht mehr so gut. Was gibt es da zu vergeben, wenn einer Neger ist oder eine Glatze hat oder als Eskimo geboren wurde oder schwul ist ... ? Hat sich das einer ausgesucht? Wer will wem was vergeben?

Der Neger dem Glatzkopf, der Eisbeinesser dem Froschschenkelesser? In der Schule hörte ich, daß Albert Einstein einmal gesagt hat: „Alles ist relativ. Es kommt nur auf den Standpunkt an." Auf unserem Planeten gibt es sehr viele Probleme und Gefahren. Das sehe und lese ich beinahe jeden Tag. Mein Standpunkt ist, daß unser Anderssein kein Grund ist, diese Probleme noch mehr zu vergrößern, im Gegenteil. Ich denke, echte Menschlichkeit kann nur aus Anderssein entstehen.

Felix Moese, 13 Jahre, z. Z. erster Kinderbürgermeister in Berlin-Hellersdorf

Berlin, den 18.12.1993

Die Angst der Eltern vor einem homosexuellen Kind

Homosexuell? – Das kann nicht sein!

Eine Journalistin befragt eine Frau auf der Straße:
Was würden Sie tun, wenn Sie hören, Ihr
Kind ist homosexuell?
Antwort: Kann mir nicht passieren, ich habe
nur Töchter!

Michael K. entschließt sich, seinen Sohn Jan aus der Schule abzuholen. Der Junge ist elf Jahre alt und geht in die fünfte Klasse.

Seinen Wagen stellt Herr K. auf dem Parkplatz unweit der Schule ab. Bis zum Ende der letzten Unterrichtsstunde sind es noch zehn Minuten. Michael K. setzt sich auf eine Bank in der Grünanlage schräg gegenüber dem Schulgebäude aus der Gründerzeit. Von hier hat er das mit schweren Eisen beschlagene Schultor im Auge. Er freut sich auf seinen Jungen.

Pünktlich auf die Minute öffnet sich um halb drei die Schultür, und die Kinder drängeln nach draußen. Drei Jungen laufen in den hinteren Teil der Grünanlage, unter ihnen ist sein Sohn Jan. Offensichtlich haben sie Streit miteinander. Die Worte, mit denen sich die Kinder beschimpfen, kann Michael K. nicht verstehen. Jan schlägt plötzlich um sich. Kreisend schwingt er die Schultasche gegen die Angreifer, seinen Vater bemerkt er nicht.

Der nähert sich der Gruppe, und mit einem energischen „Schluß jetzt!“ beendet er die Rauferei zwischen den Kindern. Schützend stellt er sich vor seinen Sohn.

Die Jungen schauen überrascht, die beiden Angreifer weichen zurück. Jans Augen leuchten, er ist glücklich über die Verstärkung. Hämisch grinst er seinen Klassenkameraden in die verdutzten Gesichter. Maulend ziehen die beiden von dannen. Vater und Sohn blicken ihnen triumphierend nach.

Plötzlich dreht sich der kleinere der beiden noch einmal

um und schreit, was die Lunge hergibt: „Morgen bist du dran, du schwule Sau!“

Michael K. schüttelt den Kopf und legt seinen Arm um Jan. Gemeinsam gehen sie zum Auto und steigen ein. Michael K. startet den Wagen, plötzlich wird ihm siedendheiß. „Morgen bist du dran, du schwule Sau!“. Die letzte Bemerkung des Jungen jagt ihm durch den Kopf. „Schwule Sau“ hat dieses kleine, dicke Monster seinem Sohn hinterhergeschrien. Eine Ungeheuerlichkeit, eine Unverschämtheit. Michael K. nimmt sich vor, bei seinem nächsten Treffen mit dem Klassenlehrer einmal die Umgangsformen der Schüler untereinander anzusprechen. Schweigend fahren Vater und Sohn nach Hause.

Jan schildert den Zwischenfall seiner Mutter. Über die Beschimpfung am Ende der Kabbelei verliert er kein Wort. Michael K. schweigt.

*

Michael K. wundert sich über sich selbst. Der Zwischenfall liegt nun schon eine Woche zurück, und anstatt die leidige Geschichte zu vergessen, geht ihm die Beschimpfung seines Sohnes nicht mehr aus dem Kopf.

Letzte Nacht schreckte er wieder schweißgebadet aus einem wirren Traum auf. Immer die gleiche helle, schneidende Kinderstimme, die schrill und durchdringend ruft: „Morgen bist du dran, du schwule Sau!“

Im Traum sieht er einen großen, weit aufgerissenen Mund mit wulstigen, grellrot geschminkten Lippen vor sich, der Rest des Gesichts bleibt im Zwielicht verborgen. Nach dem Erwachen nimmt die Grübelei ihren Lauf, die Gedanken überschlagen sich. Der Rufer ist nie dieser kleine, dicke Junge. Sosehr sich Michael K. auch müht, bisher ist es ihm nicht gelungen, das Gesicht zu identifizieren.

Je länger er grübelt, um so größer wird die Verwirrung. Gesichter aus seiner Kindheit tauchen auf, die in sich zerfallen, sobald er ihnen einen Namen geben möchte. Immer ist ein Gesicht darunter, das ihn auf seltsame Weise an drei

Menschen zugleich erinnert. An seinen langjährigen Schulfeund Manfred, an seinen linken Wohnungsnachbarn, einen alleinstehenden Mann Anfang Vierzig, und an seinen Vater, der schon über zehn Jahre unter der Erde ist.

Zerschlagen und ratlos wartet Michael K. auf das Klingeln des Weckers.

*

Auch die Tage sind wie verhext. Mit Müh und Not hat sich Michael K. in den vorletzten Wagen der U-Bahn gedrängelt, da passiert es. Eine Handbreit vor seinem Gesicht grinst ihn in riesigen, schwarzen Lettern ein Wort entgegen, das ihm schon seit Stunden durch den Kopf geht: SCHWUL. Um die ganze Schlagzeile lesen zu können, muß er seinen Kopf in den Nacken legen: ICH BIN SCHWUL, DAS WEISS DOCH JEDER! Daneben ein Foto, auf dem der bekannte Entertainer Alfred Biolek zu sehen ist.

Auf der ersten Seite der BILD-Zeitung, die Headline sozusagen! Michael K. atmet tief durch, die Schlagzeile trifft ihn wie ein Keulenschlag. Unauffällig dreht er seinen Kopf zur Seite, um auch den kleingeschriebenen Text zu lesen, der sich auf die Schlagzeile bezieht. Dabei trifft ihn der spöttische Blick einer jungen Frau, die ihn anscheinend schon länger beobachtet hat. Michael K. fühlt sich ertappt, es ist ihm furchtbar peinlich. Kurz entschlossen steigt er auf der nächsten Station aus. Die verbleibenden zwei Stationen bis zu seiner Arbeitsstelle geht er heute zu Fuß.

*

Am Dienstag darauf erscheint der Entertainer wie gewohnt eine Stunde vor Mitternacht auf dem Bildschirm. Biolek beginnt mit der Vorstellung seiner Gäste.

Und nun geschieht, was geschehen muß. Bios Verbindlichkeit, die den Entertainer auch für Michael K. bisher so angenehm von den vielen Quasselstrippen in den anderen TV-Talk-Shows unterscheidet, ist ihm heute suspekt. Die

Freundlichkeit, die er bisher für echt hielt und die er an Bio so überaus schätzte, kommt ihm plötzlich falsch vor, irgendwie unecht. Bio enttäuscht ihn, und je länger er ihn beobachtet, um so mehr fühlt sich Michael K. von dem Entertainer betrogen, auf eine seltsame Weise hinters Licht geführt. Ja, Bio hat ihn getäuscht, jahrelang.

Wie der mit seinen Beinen unterm Stuhl herumhakelt! Wie Efeu rankt sich das eine ums andere. Die Offenbarung in der Zeitung hat eine Kluft zwischen Michael K. und dem Entertainer aufgetan. Biolek hätte besser das Geheimnis für sich behalten.

*

Fassungslos ist Michael K. über seine Gefühle zu Jan. Er reagiert panisch, sobald sich der Junge ihm nähert. Das Selbstverständlichste, die Zärtlichkeiten zwischen Vater und Sohn, geraten zur Anstrengung. Heimlich beobachtet er den Jungen. Und er registriert eine Auffälligkeit nach der anderen. Für einen richtigen Jungen sind Jans Bewegungen viel zu weich, vor dem großen Spiegel in der Diele führt sich der Junge wie seine Mutter auf. Beim Fernsehen kriecht er beinahe in den Apparat, sobald ein Cowboy auf dem Bildschirm auftaucht. Frauen betrachtet er nur flüchtig.

Michael K. schließt die Möglichkeit nicht mehr aus, daß sein Sohn Jan ein Homosexueller ist.

*

Was für ein Hirngespinst! Michael K. ärgert sich über sich selbst. In all den Jahren war er nicht ein einziges Mal auf die Idee gekommen, daß Jan anders veranlagt sein könnte. Die hingeworfene Bemerkung eines Lausejungen reichte aus, um ihn in Panik zu versetzen. Dieser Rotzjunge brachte es fertig, seine liebevolle und zärtliche Beziehung zu Jan aus den Angeln zu heben.

Das Problem habe ich mir selber geschaffen, schätzt K. nüchtern ein. Es existiert nur in meinem Kopf. Schließlich kann sich ein vorpubertärer Junge nicht wie ein ausgewachsener Mann verhalten. Geradezu peinlich kommen ihm nun die perfiden Verknüpfungen vor, die er zwischen der Beschimpfung und seinen heimlichen Beobachtungen hergestellt hat. Am liebsten würde er sich für die Verdächtigungen bei Jan entschuldigen. Die Pubertät wird den Jungen ohnehin noch durcheinanderschütteln, da muß der eigene Vater mit solchen albernen Verdächtigungen nicht alles noch komplizierter machen.

Ein Glück, daß er die Sache mit sich allein ausgemacht hat. Kaum auszudenken, welche Unruhe er damit in der Familie hätte anrichten können.

STIMMEN

Ihnen würde zu Ohren kommen, daß eines Ihrer Kinder homosexuell sein soll. Wie würden Sie reagieren?

Mutter (Mädchen: 21; Junge: 15)
In meinem Bekanntenkreis ist ein Ehepaar, die haben zwei homosexuell veranlagte Kinder. Wir können miteinander darüber reden, es ist kein Geheimnis. Für mich wäre klar, würde es mein Kind auch betreffen, sofort darüber reden. Ich würde Klarheit haben wollen. Ist es wirklich so veranlagt, oder ist es von anderen in solche Kreise reingezogen worden, um sich damit Geld zu verdienen, oder was auch immer.

Was sind das für Freunde, das würde ich in Erfahrung bringen wollen. Traurig wäre ich, weil ich mir schon Enkelkinder wünsche. Die würde es dann ja nicht geben. Ich wäre vor allem besorgt, denn ich habe über Homosexuelle 'ne Menge gehört. Sie wechseln oft ihre Partner, sie sind Anfeindungen ausgesetzt. Auf jeden Fall würde ich mit meinem Kind sprechen wollen. Den Partner würde ich versuchen kennenlernen zu wollen, weil ich mir über diesen Menschen ein Bild machen möchte. Ob das jemand ist, den ich akzeptieren kann. Seine Lebenseinstellung, seine beruflichen Vorstellungen würden mich interessieren – ob dieser Mensch in unsere Familie paßt.

Verstoßen würde ich mein Kind auf keinen Fall. Ich würde es auch gegen alle in der Familie, die das beabsichtigen, verteidigen. Denke ich genauer nach, fällt mir auch jemand aus der Verwandtschaft ein, der sehr befremdet reagieren würde.

Vater (Mädchen: 12; Junge: 10)

Mir kann niemand einreden, daß das in diesem Alter schon feststeht. Ich erinnere mich so an Geschichtchen aus meiner Jugendzeit. Schon deshalb würde ich Anzeichen ignorieren. Man muß nichts unnötig anschieben. Angenommen, das Kind sagt es mir selber und besteht auf Antwort, würde ich sagen: Also, keine Panik, erst mal abwarten. Das kriegen wir schon wieder hin.

Ich habe ein Mädchen und einen Jungen, und darauf bin ich irgendwie stolz. Das soll auch so bleiben.

Klar, wenn wie früher zehn oder mehr Kinder in der Familie üblich wären, dann würde das nicht so ins Gewicht fallen, ob ein Kind aus der Reihe tanzt. Unser Gespräch sagt mir, daß ich mir bei meinen Kindern in dieser Hinsicht keine Gedanken machen muß.

Mutter (Mädchen: 17; Junge: 10)

Ich würde mir ein Gespräch wünschen. Bedrängen würde ich mein Kind nicht. Möchte das Kind es für eine Weile als Geheimnis bewahren, würde ich das akzeptieren. Mit Liebesgeschichten geht man nie gleich an die Öffentlichkeit. Ich glaube, ich könnte nicht verhindern, daß ich erst einmal sehr erschrecken würde. Aber nur, weil ich durch einen langjährigen homosexuellen Freund weiß, mit welchen Schwierigkeiten er konfrontiert wird. Wäre mein Sohn so, würde ich diesen Freund konsultieren.

Das würde meine Sorgen mildern. Beträfe es das Mädchen, würde ich mich an eine lesbische Kollegin wenden. Da gibt es mehrere, die daraus kein Hehl mehr machen. Ist ein Kind so, würde ich von dem anderen die Enkel bekommen. Schlecht sähe es mit Enkeln aus, wenn beide so wären. Es kann ja auch andere Gründe geben, daß keine Enkel kommen. Ich bilde mir ein, an mir geht dieser Kelch vorbei.

Mutter (Mädchen: 4; Junge: 6)
Wenn meine Kinder einmal im jugendlichen Alter sind, dann beschäftige ich mich damit. Ich lasse das auf mich zukommen.

Vater (Mädchen: 9; Junge: 7)
Es ist das erste Mal, daß ich darauf gestoßen werde. Ich denke sofort an Spielereien während der Pubertät. Richtig homosexuell kann ich mir meinen Jungen nicht denken, beim Mädel geht es noch weniger. Einfach so hinnehmen? Da sträubt sich was.

Frau, unverheiratet, keine Kinder
Ich habe acht Jahre in der Gastronomie gejobbt, von daher kenne ich viele lesbische Frauen und schwule Männer. Ich weiß, die haben die gleichen Beziehungsprobleme wie die Heterosexuellen. Ich kenne Singles, die laufend wechseln, und schwule Paare, die seit ewigen Zeiten zusammenleben. Meinem Kind würde ich sagen: Ausprobieren und rauskriegen, was das richtige für dich ist. Also Offenheit.

Ich würde zuerst mein Kind in Ruhe lassen, abwarten, bis es von alleine kommt. Hätte es dann einen Partner, wäre oberste Priorität für mich, ob sie miteinander können und sich Gutes tun. Ich möchte nicht kontrollieren.

Was ich wirklich tun würde? – Keine Ahnung.

Frau, unverheiratet, keine Kinder
Ich wäre tieftraurig, wenn ich so ein Kind hätte, weil ich weiß, wie negativ Homosexualität besetzt ist. In den Schulen zum Beispiel. Schwule Sau, Schwuler, Tunte – die Sprache ist dort gang und gäbe. Es lebt sich nicht gut als Lesbe oder Schwuler in diesem Land. Wobei ich denn auch zufrie-

den wäre, daß mein Kind in einer Stadt wie Berlin und nicht in einem kleinen Nest aufwachsen würde. Probleme würde ich kommen sehen, wenn mein Kind ein Transvestit oder transsexuell veranlagt wäre. Da hätte ich Hilfe nötig. Zum Glück gibt es in Berlin für jedes Problem inzwischen eine Beratungsstelle.

Mann, unverheiratet, keine Kinder
Ich habe einen Bruder, der homosexuell ist. Ich glaube, ich würde schon in die Wege leiten, daß mein Kind seinen Onkel kennenlernt.

Er hat lange Jahre nicht gelebt, weil er es nicht gewußt hat, und dann hat er nicht dazu gestanden. Das würde ich meinem Kind ersparen wollen. Ängste hätte ich in bezug auf Aids. Ich denke auch, daß Heterosexuelles genauso erklärungsbedürftig ist wie Homosexuelles.

Mutter (Tochter: 8)
Unlängst habe ich mir diese Frage gestellt. Die Schmuserei meiner Tochter hat mich darauf gebracht. Ich hab's sofort wieder weggeschoben. Ich habe sehr deutlich in Erinnerung, wie in der Schule gelästert wurde. Wer damit in Zusammenhang gebracht wurde, an dem klebte das noch nach der Schulzeit.

Ich würde mir Sorgen um meine Tochter machen. Könnte ich ihr überhaupt helfen? Ich würde mir erst Hilfe holen, wenn mein Kind und ich nicht damit fertig werden würden. Froh wäre ich, daß es dann eine Beziehung zwischen zwei Frauen wäre. Bei Männern denke ich sofort an dauernden Partnerwechsel und Aids.

Mutter (Töchter: 23, 12)
Ich wünsche mir Enkelkinder. Traurig wäre ich, weil ich spekuliere, daß meine Kinder eine lange Zeit mit vielen Gedanken allein gewesen wären. Ich gehe davon aus, daß sie mich in so einer Frage nicht so schnell in ihre Gedanken integrieren könnten. Zunächst würde ich denken – weil ich ja nur Mädchen habe –, vielleicht ist es nur eine Übergangs-

phase, weil bei Frauen mehr Experimente zwischen den Geschlechtern als bei Männern laufen. Das weiß ich aus der Erfahrung. Aber im Prinzip muß ich sagen, jetzt wäre es mir – glaube ich, ich weiß es ja nicht genau – weitgehend egal. Traurig wäre ich auch über die Diskriminierung, die gesellschaftlich zu erwarten wäre. Ich würde mein Kind ermuntern, sich, wo immer es will, zu outen, ohne damit hausieren zu gehen. Ich würde es eher warnen, sich Hilfe zu holen. Ich würde es auch warnen vor Selbsthilfegruppen, weil ich in meiner Arbeit die Erfahrung mache, daß Homosexuelle sich selbst pathologisieren und sehr verliebt sind in ihre Pathologiemodelle. Mein Kind sollte nicht missionarisch rumlaufen. Für mich könnte es Anlaß sein, mich politisch zu betätigen.

Vater (Tochter: 13)
Spontan fällt mir ein: viel Spaß damit. Ich würde schon ins Schleudern kommen, weil ich denke, die Schwierigkeiten, die da als Außenseiter auf sie zukommen, wären groß. Ich denke, ich hätte keine Probleme damit. Ein Schock wäre es nicht. Großvater könnte ich wohl nicht werden.

Ich hoffe, sie würde mit mir darüber reden. Wie ich sie kenne, würde sie das provozierend rüberbringen. Sie weiß, daß sie sich mit mir auch darüber unterhalten könnte. Angenommen, ich spreche sie darauf an, könnte passieren, sie sagt: Das geht dich gar nichts an!

Auf die Idee, daß sie lesbisch sein könnte, bin ich noch nie gekommen.

Mein Wunsch war immer, daß sie nicht in die typische Mädchenrolle reinkommt. Doch sie spielte gern mit Puppen und verhält sich heute kleineren Kindern gegenüber sehr fürsorglich. Auf der anderen Seite haßt sie Röcke, vor dem Spiegel hält sie sich so gut wie gar nicht auf.

Sie kommt sehr gut mit Männern aus. Sie bedauert, daß sie nur einen Lehrer hat. Den findet sie besonders gut.

Was sie nicht berührt, läßt sie links liegen. Sie lebt total in der Gegenwart. Was sie an diesem Tag braucht, das holt sie sich auch. Was weiß ich, vielleicht ist Lesbischsein eines Tages doch mal ein Thema für sie. Möglich ist alles.

Wie entsteht eigentlich Homosexualität?
Antworten des 20. Jahrhunderts

Frage: Wie entsteht eigentlich Homosexualität?
Antwort: Genauso wie Heterosexualität. Und wie die entsteht, wissen wir auch nicht.

Wurde in diesem Jahrhundert die Frage nach den Ursachen für die Entstehung der Homosexualität gestellt, war so gut wie immer die Absicht daran geknüpft, mit ihrer Entdekkung auch das Mittel für ihre Beseitigung zu finden. Die deutschen Nazis ließen jegliche Form von Scheinheiligkeit weg und begannen kurz nach Antritt ihrer Herrschaft in Deutschland mit der radikalen Ausrottung der Homosexuellen.

Jahrzehnte vor ihnen – und danach – forderten Politiker mit der moralischen Unterstützung der Kirchen die moderne Wissenschaft auf, doch etwas gegen diese degenerierte, krankhafte, perverse Sexualität zu unternehmen. Schließlich war es der medizinischen Forschung doch auch gelungen, die Geißeln Cholera und Pest zu besiegen. Warum sollte sie da nicht auch ein wirksames Mittel zur Ausmerzung dieser Krankheit entwickeln? Wo immer Steuergroschen in die Ursachenforschung investiert wurden, brachte eine eifrig und gewissenhaft betriebene Forschung „Ergebnisse“ auf den Tisch.

Chirurgen versprachen nach „dem kleinen Eingriff im Großhirn“ die ersehnte Ankunft in der Heterosexualität. Psychiater verordneten Medikamente, die dem Patienten die verschlossene Tür zu den Wonnen der Normalität auftun sollten. Psychotherapeuten lüfteten im trägen Unterbewußtsein und stocherten in frühkindlichen Entwicklungsphasen – nichts anderes als die Rückkehr der Klienten zu einem normalen Leben im Sinn habend. Die von der Wissenschaft allein gelassenen Landärzte, die von diesen neumodischen Therapien sowieso nicht viel hielten, vertrauten weiterhin auf die alten bewährten Mittel: kalte Ganzwaschungen und in besonders hartnäckigen Fällen ein Bordellbesuch in der nächstliegenden Großstadt.

Gegenstand der Forschung war immer wieder die männliche Homosexualität. Die Frage nach den „Frauen mit dieser tragischen Veranlagung" erübrigte sich. Sie kamen in den Überlegungen der männlichen Wissenschaft nicht vor. Und wenn, dann handelte es sich in den Augen der Medizin-Männer um „Neurotikerinnen", für die entsprechende Kliniken und Therapien bereits geschaffen worden waren.

In den großen Städten stellten sich Homosexuelle freiwillig den Medizinern für die Erforschung ihres Leidens zur Verfügung. Bereitwillig ließen sie sich von der Ärzteschaft Hüften und Glieder vermessen und gaben ihre Gesäße zu vergleichenden Analysen frei. Mit dem Resultat, daß die Annahmen der Wissenschaftler – je nach Schule – nach jeder Versuchsreihe voll bestätigt wurden.

Ganz nebenbei: Auch die Polizei durfte in den Schubladen kramen, in welche die Homosexuellen von den Wissenschaftlern fein säuberlich einsortiert wurden.

Homosexuelle und Psychoanalyse

Daß ein schwuler Junge nur ein perverser, mißratener Junge sein kann, dafür hat die Psychoanalyse mehrere Ursachen parat: Die Enttäuschung durch eine den Jungen verschlingende Mutter. Die egozentrische Mutter, die ausschließlich an sich denkt und den Jungen zur Befriedigung ihrer Bedürfnisse instrumentalisiert. Einen schwachen Vater, einen oft oder gänzlich abwesenden Vater, einen sich dem Jungen gegenüber abweisend und distanziert gebenden Vater, der den Jungen allein läßt bei seinen Bemühungen, sich aus der Verschmelzung mit der Mutter zu lösen. Für die Psychoanalyse ist das Schwule der tragische Unglücksfall auf dem konfliktbeladenen Weg zur Heterosexualität.

Daß die lesbisch geratene Tochter auch nur mißlungen

sein kann, dafür macht die Psychoanalyse Männer verantwortlich. Die tiefe Enttäuschung durch die Väter läßt die Töchter zu Liebhaberinnen des eigenen Geschlechts werden. In der Identifizierung mit dem Vater entwickelt ein Mädchen die Sehnsucht, wie er die Mutter zu lieben.

Im Verständnis vieler Analytiker sind Homosexuelle im Kampf um die Lösung des ödipalen Konfliktes unterlegen. Verlierer, Gefühlskrüppel, auf halber Strecke Sitzengebliebene, die das Klassenziel der Gesellschaft – Frau begehrt Mann und umgekehrt – leider verfehlt haben.

Der Begründer der Psychoanalyse, Sigmund Freud, stellte am Beginn dieses Jahrhunderts die These von der Bisexualität des Menschen auf. In seiner Praxis begegneten Freud Männer, deren Leidensdruck in enger Beziehung zu ihrem Sexualleben stand. Einige der Patienten lebten ausschließlich in heterosexuellen Beziehungen, das Sexualleben anderer gestaltete sich ausschließlich homosexuell, wenige hatten sexuelle Beziehungen mit beiden Geschlechtern. Obwohl die konkreten psychischen Störungen sehr verschieden waren, glaubte Freud eine übergreifende Gemeinsamkeit entdeckt zu haben. Die Ausschließlichkeit – sowohl bei den Heterosexuellen als auch bei den Homosexuellen – war das Resultat kulturell verursachter Verdrängungsprozesse im Verlaufe der Entwicklung. Ausschließlichkeit war nur über die Sublimierung der sogenannten „unnatürlichen Triebanteile“ möglich, und die dabei auftretenden neurotischen Störungen waren der Preis für die Exklusivität der sexuellen Orientierung.

Wenn Bisexualität – wie von Freud angenommen – am Ausgang der menschlichen Entwicklung steht, dann muß für die Wissenschaft auch die Frage relevant sein, warum die Mehrzahl der Menschen ein Leben lang heterosexuell, eine Minderheit ausschließlich homosexuell und eine anscheinend zahlenmäßig noch kleinere Anzahl Menschen bisexuell leben.

Da aber diese wirklich revolutionäre These so gar nicht in das gängige gesellschaftliche Vorurteil über die Homosexualität paßte, wurde sie über Jahrzehnte ignoriert und erst in den siebziger Jahren dieses Jahrhunderts wieder aufgegriffen.

Über Jahrzehnte klassifizierten die Psychotherapeuten Homosexualität als Entwicklungsstörung und versuchten mit den verschiedensten Therapien eine „Heilung der Gestörten". Auch viele Homosexuelle wünschten sich, von ihrem Leidensdruck befreit zu werden, und ließen sich auf eine Therapie ein.

Mit der Brechstange Moral gingen viele Therapeuten ohne Umweg auf die Krankheit los. „Erfolge" ließen in der Regel nicht lange auf sich warten. Die Patienten nahmen sich zum tausendsten Mal vor: Nie wieder! und hielten ihr Versprechen – bis zum nächsten Rückfall.

Doch nicht alle Patienten kamen mit dem Schrecken davon. Bei vielen führte die Therapie zu irreparablen Verstümmelungen, psychischen Dauerdeformationen oder zu einer lebenslangen sexuellen Abstinenz, die durch die erfolgreiche „Abschaltung" des lästigen Triebes möglich wurde. Das Äquivalent für diese Verdrängungsleistung bestand für den „Geheilten" in der äußerst fragwürdigen Anerkennung durch die Umwelt.

Viele Patienten nutzten die Auszeit – in der es ihnen gelang, den Trieb zu unterdrücken – und erfüllten sich den auch vom Therapeuten gestützten Wunsch nach einem heterosexuellen Familienglück mit Frau und Kindern. Daß damit die Leiden, die immer mit einer versteckt gelebten Homosexualität zwangsläufig verbunden sind, sich nun auf die ganze Familie ausweiteten, interessierte die Therapeuten wenig.

Das Groteske bestand oft darin, daß nach einigen Ehejahren der Therapeut eine zerrüttete Patientin mehr in seiner Kartei hatte: die heterosexuell veranlagte Ehefrau.

Die auch in Deutschland in vielen Medien verkündeten Heilungen, die oftmals von den Krankenkassen finanziert wurden, halten einer seriösen Erfolgskontrolle nicht stand. Das trifft für Kinder, Jugendliche und Erwachsene gleichermaßen zu. Die sogenannten „Umpolungen", die bei verschiedenen Klienten auch eine gewisse Zeit vorhalten, sind in der Regel Vermeidungen, die auf eine enorme Willensanstrengung der Patienten zurückzuführen sind. Das Kriterium ist Abwesenheit von Homosexualität und zeitweise auch erreichbar durch einen unmenschlichen Dressurakt.

Erst in den letzten zwanzig Jahren haben sich progressive Vertreter der modernen Psychoanalyse wieder auf die Fragestellung von Freud besonnen. Homosexualität wird von ihnen nicht länger als Folge einer frühkindlichen Fehlentwicklung interpretiert. Homosexualität ist für sie eine normale Variante des Sexualverhaltens. Erst die repressive Sexualmoral in unserer Gesellschaft führt zu den Störungen, die Lesben und Schwule oft mit dem Ausleben der Homosexualität entwickeln. Diese Therapeuten nutzen die Erkenntnisse, die die Psychoanalyse sich im Verlaufe des Jahrhunderts erworben hat, und gebrauchen die verfügbare analytische Technik, um Lesben und Schwule bei ihrer Identitätsfindung zu unterstützen.

Der Optimismus hält sich in Grenzen. Noch immer versucht der einflußreiche konservative Flügel der Analytiker, die eigene Zunft reinzuhalten, wenn es um die Zulassung zur Analytikerausbildung geht. Nach deren Ansicht taugen Homosexuelle wegen der Spezifik ihrer problembeladenen Sexualität nicht zum Analytiker. Nur wenige der Ausbildungsinstitute lehnen Bewerber, die offen zu ihrer Homosexualität stehen, konfrontativ ab, doch es gibt genügend andere Möglichkeiten, den wahren Grund einer Ablehnung zu kaschieren.

Opportunismus ist die Konsequenz. Ein maßgeblicher Analytiker aus Berlin charakterisierte die Situation folgendermaßen: „Ich hatte es noch nicht mit einem einzigen Bewerber zu tun, der offensiv als Homosexueller aufgetreten ist."

Homosexuelle und Hormone

In den achtziger Jahren sorgte der Ost-Berliner Endokrinologe Günter Dörner, damals Direktor des Instituts für experimentelle Endokrinologie der Humboldt-Universität Berlin, in der eher unbeachteten DDR-Forschung für weltweites Aufsehen.

Ob ein Mensch homo-, hetero- oder bisexuell wird, hängt im wesentlichen von der Konzentration an männlichen Sexualhormonen (Androgenen) während einer kritischen Phase der Gehirnentwicklung im zweiten Schwangerschaftsdrittel ab. Der Streß, dem die Schwangere in dieser kritischen Phase der Schwangerschaft ausgesetzt ist, hat maßgeblichen Einfluß auf das Ausmaß der Konzentration der männlichen Hormone, womit der Grundstein für die spätere sexuelle Orientierung gelegt ist.

Nachdem die DDR zusammengebrochen ist und das menschenfeindliche Vorgehen einiger Einrichtungen des Staates ausführlich beschrieben wurde, sind auch die von dem Wissenschaftler in Diskussionen mit Lesben und Schwulen geäußerten Stellungnahmen zur Nutzung seiner Entdeckung in aller Klarheit deutlich geworden.

Was hätte wohl ein Herr Dörner einer vorstellbaren Praxis entgegengesetzt, in der schwangere Frauen in der kritischen Zeit auch auf besagten Hormonspiegel untersucht worden wären und ihnen die Entscheidung über die sexuelle Orientierung ihres Kindes überlassen worden wäre – zumal eine Korrektur nur ein paar harmlose Spritzen erfordert hätte?

So abwegig ist es wohl nicht, sich eine Schlagzeile in einer phantasierten Ausgabe des „Neuen Deutschland“ im Jahre 1994 vorzustellen – vorausgesetzt, die DDR wäre so schnell nicht untergegangen: 99,8 % aller schwangeren Frauen haben sich freiwillig zum Dörner-Test entschieden!

Was Freiwilligkeit in diesem Staat hieß, das wissen alle, auch die, die ansonsten wenig Lust zum Nachdenken über diese Zeit verspüren.

Homosexuelle und Gene

Rechtzeitig zur Füllung des Sommerloches 1993 erschien im San Francisco Chronicle vom 16. Juli auf der ersten Seite eine Meldung, nach der der Molekularbiologe Dean Hamer auf einem Endabschnitt des Geschlechtschromosoms X – auf Xq28 – mit großer Wahrscheinlichkeit sich dem Gen genähert hat, das die Veranlagung zur Homosexualität vererbt. Hamer hatte bei der Untersuchung von 76 homosexuellen Männern herausbekommen, daß in ihrer Verwandtschaft der Anteil von Homosexuellen deutlich höher als in der Allgemeinbevölkerung war und eine auffällige Häufung von Schwulen unter den Brüdern der Mutter und unter den Vettern mütterlicherseits vorkam. Die Veranlagung wird von den Müttern an die Söhne vererbt, folgerte er und sah sich das X-Chromosom genauer an, das nur von der Mutter vererbt wird. Auf Xq28 hofft Hamer nun fündig zu werden. Zur weiblichen Homosexualität äußerte der Wissenschaftler sich nicht näher, da entsprechende Untersuchungen noch ausstünden.

Wieder einmal scheint alles so wunderbar leicht und vielversprechend und die Aussicht auf Therapierung so verheißungsvoll. Die Wissenschaft feiert den nächsten Schritt zur Unabhängigkeit. Allem Anschein nach besteht diese in der Freiheit, einen Menschen zu designen, dessen Sexualität hundertprozentig „rein“ ist: Die totale Heterosexualität!

Prof. Sigusch von der Universitätsklinik in Frankfurt/Main schreibt dazu in der Wochenpost/Nr. 32 am 5. August 1993:

„Tagein, tagaus bin ich in meiner kleinen Lebenswelt mit einem naiven naturalistischen Selbstbild vom Menschen konfrontiert. Beinahe alle Patienten, die an sexuellen Symptomen, Konflikten oder Erkrankungen leiden, hoffen letztlich, daß ihr Leiden auf eine organische Ursache zurückgeführt und, wenn das nicht möglich ist, wenigstens körpermedizinisch behandelt werden kann. Wer sich an dieser Suche nicht beteiligt, ist auch in der Sexualwissenschaft in der Minderheit. Viele Sexologen mißverstehen nach wie vor soziale Kunstwerke wie Geschlechtsidentität oder Liebe als natural bedingt, möchten wie die alten Sexualforscher rein kausal vorgehen und sind auf der Suche nach dem somatologisch faßbaren Sexualstoff."

Homosexuelle und Heterosexuelle

Daß Lesben und Schwule die Erforschung der Homosexualität in die eigenen Hände genommen haben, zählt zu den großen Fortschritten der deutschen Wissenschaft in den letzten zwanzig Jahren. Der bemühte Forscher, der vor jeder Veröffentlichung zu diesem Thema ausdrücklich seine Heterosexualität betonte, ist glücklicherweise zur lächerlichen Figur geworden. Vorbei ist die Zeit, da das wichtigste Ergebnis großangelegter Forschungsreihen in der Bestätigung der Bilder bestand, die Heterosexuelle von Homosexuellen hatten.

Diese Wissenschaftler verdrängten in ihrem Selbstverständnis die bis dahin im Zentrum des wissenschaftlichen Interesses stehende Frage nach den Ursachen der Homosexualität an den Rand. Sie machten deutlich, daß die Frage nach den Ursachen immer in Verbindung mit der Beseitigung der Homosexualität gestellt worden war. Mit der Erforschung des Konstrukts Homosexualität nahmen sie gleichzeitig seine Zerstörung vor.

Der Soziologe Dr. Michael Bochow hat in einer empirischen Erhebung 1991 die Einstellung der ost- und westdeutschen Bevölkerung zu homosexuellen Männern untersucht. Die Untersuchung der verschiedensten Aspekte der Homosexuellenfeindlichkeit unter Berücksichtigung einer gestiegenen Akzeptanz in einzelnen Teilfragen führt Bochow zu der Aussage, daß die deutsche Bevölkerung noch weit entfernt ist von einer tief verankerten Toleranz gegenüber homosexuellen Männern.

Er konstatiert auch Anfang der neunziger Jahre ein großes Bedürfnis nach sozialer Distanz gegenüber homosexuellen Männern. „61 Prozent der Westdeutschen und 65

Prozent der Ostdeutschen signalisieren eindeutig, daß sie soziale Kontakte mit homosexuellen Männern meiden möchten, lediglich 31 Prozent der Westdeutschen und 26 Prozent der Ostdeutschen geben zu erkennen, daß sie hier kaum oder gar keine Berührungsängste haben.“

Von richtigen Jungen und wirklichen Mädchen

Max spielt mit Puppen, Lisa mit Fußbällen

Wo wir Jungen das Glied haben,
haben die Mädchen die Scheide.
Was besser ist, weiß keiner.
Grundschüler, 9 Jahre

Frank verkneift sich das Fluchen. Brüllend läuft sein siebenjähriger Sohn Max in die Strandburg zur Mutter. Der Junge ist außer sich, er zittert am ganzen Körper. Vera nimmt ihn in ihre Arme und spricht beruhigend auf ihn ein.

Verärgert schaut sie zum Wasser, wo Frank und die sechsjährige Tochter Lisa mit den Füßen harmlos im Wasser herumstochern, als wäre überhaupt nichts geschehen.

Vor einer Minute war es Frank und Lisa gelungen, den skeptischen Max bis auf einen Meter ans Wasser zu locken – so nahe wie noch nie. Vera beobachtete die drei aus ihrer Strandburg. Die Familie war bereits eine ganze Woche hier, und der wasserscheue Max hatte das Meer bisher nur von außen erlebt. Seine Schwester hatte ihm hoch und heilig versprochen, nicht zu spritzen. Den großen Nivea-Ball unterm Arm, tippelte Max vorsichtig zum Wasserrand.

Über das, was dann geschah, gab es zwei Meinungen, die einander ausschlossen. Max behauptete: „Du hast gespritzt!" Lisa bestritt den Vorwurf vehement. „Gar nicht, ich habe nicht gespritzt! Du hast ja daneben gestanden, Papa, stimmt's?"

Frank nickte mit dem Kopf und schaute seine Frau an. „Der Junge war drauf und dran, wieder wegzurennen. Was weiß ich, ich habe automatisch nach ihm gegriffen. Auf keinen Fall wollte ich ihn mit Gewalt ins Wasser holen, ist doch lächerlich. Niemand will ihm was Böses. Er brüllt den ganzen Strand zusammen, als sollte er kastriert werden."

Frank war erbost. Kurz entschlossen griff er nach Lisa,

hob sie auf seine Schultern und rannte, so schnell er konnte, mit dem Mädchen in die schäumenden Wellen. Lisa mimte die Entführte und schrie, was die Stimme hergab: „Hilfe, Hilfe, ich will nicht ins Wasser!“

Max weinte leise vor sich hin. Vera war es leid, Frank ständig darauf hinweisen zu müssen, daß er auf die Bedürfnisse des Jungen umsichtiger und besonnener eingehen sollte.

Daß Max sich in Franks Augen nicht wie ein richtiger Junge verhielt, war schließlich keine böse Absicht von Max. Frank reagierte sofort gereizt und wurde ausfällig, sobald der Junge nicht so wollte, wie er sich das vorstellte. Immer das gleiche Theater. Vera ärgerte sich über die Ungeduld von Frank. Der Junge war eben anders als das Mädchen.

Max kämpfte noch immer mit den Tränen, Vera legte ihren Arm um den Jungen. „Wir finden nun mal andere Dinge aufregend, du und ich.“ Max schmiegte sich an seine Mutter.

Seitdem die Familie hier war, versuchten Vater und Tochter dem wasserscheuen Jungen das Baden im Meer schmackhaft zu machen – bislang ohne Erfolg.

Lisa, die schon seit drei Jahren wie ein Fisch schwamm und am liebsten den ganzen Tag über mit ihrem Vater im Wasser herumtollen wollte, forderte ihren Vater ständig heraus und genoß es, sich nach hartnäckiger Gegenwehr von den Muskelpaketen des Vaters besiegen zu lassen. Vera und Max kamen eher wie eine Notgemeinschaft daher.

Schien die Sonne, kam für Frank und Lisa nur Schwimmen in Frage. Gleich am ersten Morgen während des Frühstücks stellten Lisa und Frank die Weichen für den ganzen Urlaub. „Dann hätten wir doch nicht ans Meer fahren müssen, einkaufen und wandern kann man an Schlechtwettertagen“, antwortete Lisa auch im Namen des Vaters auf die leise Nachfrage von Max.

Max fügte sich und trottete Tag für Tag – das Hoch hielt schon die ganze Woche – widerwillig mit der Familie zum Strand. Vera spürte die zunehmende Unzufriedenheit des Jungen, erhoffte sich aber insgeheim, daß der Knoten bei dem Jungen doch noch platzen würde und die extreme Wasserscheu sich verlieren könnte. Zusammen mit Frank wollten sie in diesem Urlaub auf spielerische Weise dazu beitragen. Das hatten sie sich jedenfalls zu Hause für den Urlaub vorgenommen.

Vater und Tochter kreischten vor Vergnügen laut auf. Hand in Hand stemmten sie sich gegen die anrollenden Wellen. Sobald eine Welle den beiden die Füße wegriß, versanken sie prustend und wild um sich schlagend im salzigen Meerwasser. Vera kam die Tollerei nun besonders demonstrativ und aufgesetzt vor, die laute Lustigkeit ging ihr auf die Nerven. Sie frottierte den Jungen noch einmal kräftig ab und nahm sich vor, heute Abend unbedingt mit Frank über den weiteren Ablauf des Urlaubs zu sprechen. So konnte es auf keinen Fall weitergehen.

Viel Hoffnung setzte sie nicht in das Gespräch. Es würde verlaufen wie immer, wenn es um den Jungen ging. Sie würde an Franks Vernunft appellieren, Frank würde mißmutig durchblicken lassen, daß er sich verdammt unwohl fühle und daß es ihm leid täte, wenn er den Jungen mit seinen etwas schroffen Reaktionen wieder einmal verletzt haben sollte.

Vera wußte, daß Frank sich in dem Moment unwohl fühlte, und je nach Laune entweder gar nichts sagte oder immer das gleiche: Der Junge ist verweichlicht, er verhält sich mädchenhaft, das zeigt sich auch in seinem Habitus, schon von klein an ist er irgendwie anders. Was Jungen in seinem Alter Spaß und Freude bereitet, lehnt Max ab, findet er langweilig. Schwimmen, Ballspiele – von Fußball ist gar keine Rede –, Radrennen. Seine Art fällt total aus dem Rahmen. Ehrlich gesagt, ich schäme mich, wenn ich hinter dem Jungen hergehe und mir ansehe, wie er sich bewegt.

Vera hatte längst begriffen, daß Frank wirklich litt. Nur, die Ablehnung, die der Junge beinahe tagtäglich erfuhr, drängte ihn womöglich in eine Ecke, aus der er einmal nicht mehr von alleine rauskommen würde. Das Irrationale in der Beziehung zwischen Vater und Sohn wurde eine Belastung für ihre Ehe. Frank irrte, wenn er in der Vorstellung lebte, die Situation in der ganzen Familie würde sich automatisch entspannen, wäre der Junge erst einmal „zurechtgerückt".

Mitunter hatte Vera Frank in Verdacht, daß der Schmerz des Jungen ihm Genugtuung verschaffte. Er lehnte den Jungen ab und fühlte sich besser danach, weil er sich als Mann und Vater gegenüber so einem Jungen dazu verpflichtet fühlte. Selbstverständlich löste der Schmerz des Jungen in Frank auch Mitleid aus, das bestritt sie ja nicht. Doch die Genugtuung darüber, daß er – im Gegensatz zu der alles tolerierenden Mutter – etwas unternahm, damit aus Max ein „richtiger Junge" würde, war nicht zu übersehen.

Seinen Worten war auch immer wieder zu entnehmen, daß er sich später nicht von dem Jungen anhören wollte, nichts dagegen getan zu haben.

Der Abgrund zwischen ihr und Frank hatte sich aufgetan, weil sie ihrem Sohn als Frau und Mutter begegnete und er als Mann und Vater.

Warum ließ er sich eigentlich nicht durch Lisas Verhalten irritieren? Das Mädchen rührte keine Puppen an, bevorzugte Jeans und Turnschuhe und spielte Fußball. Im Winterurlaub mußte sie ständig beaufsichtigt werden, damit sie nicht von Hügeln herabbrauste, die selbst für Erwachsene gefährlich waren. Ihr Wagemut machte ihn eher stolz. Fremde, die das aktive und quirlige Mädchen mit dem Kurzhaarschnitt für einen Jungen hielten, wurden freundlich von Frank auf ihren Irrtum hingewiesen.

*

Viele Homosexuelle berichten, daß sie bereits als Vorschulkinder Widerstand gegen die üblichen Rollenzuweisungen der Eltern und Erwachsenen leisteten. Mädchen fanden die für ihr Geschlecht üblichen Spielangebote und Kleidervorschriften „doof und lächerlich" und schlossen sich den Jungen an, Jungen zogen das Spielen mit Mädchen vor, weil deren Spiele ihnen „harmonischer und reizvoller" erschienen.

Das Androgyne in einem vorpubertären Jungen kann in der Verknüpfung mit der teilweisen oder gänzlich vollzo-

viel engerer Kontakt zu Mama

genen Identifikation mit der Mutter zu sogenannten femininen Verhaltensweisen führen. Das Mädchen, das sich mit dem Vater oder einer anderen männlichen Person aus seinem familiären Umfeld identifiziert, benimmt sich möglicherweise in den Augen der Erwachsenen wie „ein Junge".

Oft kopieren Mädchen ihren Vater, um die Aufmerksamkeit der Mutter zu erringen. Jungen identifizieren sich mit ihrer Mutter, um den Vater auf sich aufmerksam zu machen. Die Motivationen der Kinder können sehr verschieden sein, die gleichgeschlechtliche Veranlagung ist nur eine von vielen Möglichkeiten. Die durch die Rollenverletzung verunsicherten Eltern reagieren in der Regel stereotyp: mit Ablehnung und Liebesentzug.

Das Kind fühlt sich ungeliebt – zu Recht – und entwikkelt nun die Symptome, die Ablehnung und fehlende Liebe verursachen können: vom Rückzug in sich selbst bis zur offenen Aggression.

Der schnelle Schluß auf eine gleichgeschlechtliche Fixierung beim Ausstieg aus der klassischen Kinderrolle ist unzulässig, da sich viele Homosexuelle in ihrer Kindheit rollenkonform verhalten haben und heterosexuell lebende Männer sich erinnern, etwa bis zum Ende der Latenzzeit (11. oder 12. Lebensjahr) mädchenhafte Verhaltensformen vorgezogen zu haben.

Auch heterosexuelle Frauen berichten, daß sie erst mit Beginn der Pubertät darauf Wert legten, sich wie ein Mädchen zu kleiden und dementsprechend zu verhalten. Bis dahin mußte Kleidung in erster Linie praktisch und bequem sein, und gespielt wurde, was Spaß und Freude bereitete. Das Androgyne in vielen Jungenkörpern wird mit dem Ende der Latenzzeit von der einsetzenden Pubertät überlagert. Nach und nach verändert sich im Prozeß der Geschlechtsreife der Körper des Jungen. Unabhängig von seinen sexuellen Phantasien – egal ob hetero oder homo – durchlebt der Junge eine stürmische Zeit bis zur endgültigen Geschlechtsreife.

Nicht jeder Junge, der schon im Vorschulalter gern auf

„Spitzen“ tanzt, ist schwul, so wie nicht jedes Mädchen, das schon als Kleinkind ihren Kassettenrecorder selbst repariert, zwangsläufig lesbisch wird.

Auch das Schreiben von Gedichten in früher Kindheit ist eher ein Indiz für künstlerische Interessen als für eine bestimmte sexuelle Orientierung. Mädchen, die ihre Puppen links liegenlassen, brechen aus den üblichen Normen aus, wofür es viele Gründe geben kann. Kinder, die in phantasievollen Verkleidungsspielen beliebig von einem Geschlecht zum anderen wechseln, demonstrieren möglicherweise ihre Gleichgültigkeit gegenüber den vorgegebenen Geschlechterrollen.

Verbote führen generell zu Irritationen. Ein Vater, der seine Kleidung vor dem Zugriff der Tochter versteckt, wird das Bedürfnis des Mädchens, sich mit ihm zu identifizieren, nicht verhindern. Das gleiche gelingt auch der Mutter nicht, die mit einem Sicherheitsschloß ihren Kleiderschrank vor dem Zugriff des putzsüchtigen Kleinen verbarrikadiert.

Ein kindgemäßes homosexuelles Verhalten liegt dann vor, wenn mit dem Einsetzen der sexuellen Phantasien das Masturbationsverhalten des Kindes an eine Person des gleichen Geschlechts gekoppelt ist.

Aber auch hier gilt die Warnung: Ob hetero oder homo, eine einfache lineare Verbindung zwischen der Sexualität des Kindes mit der des Erwachsenen ist unzulässig. Auf dem Weg vom Kind zum Erwachsenen wird das komplizierte Gebilde Sexualität derart vielen Konditionierungen unterworfen – aber auch Versuchungen –, daß die üblichen Erklärungsmuster – hier Ursache, da Wirkung – für ein bestimmtes komplexes Sexualverhalten im Erwachsenenalter nicht genügen.

Viele Väter bauen zu den sich in ihren Augen „weibisch“ verhaltenden Jungen eine oft über die gesamte Kindheit unüberbrückbare emotionale und sprachliche Barriere auf, die für die kindliche Entwicklung verheerend sein kann.

„In der gleichen Weise wird jedes Kind, sei es hetero- oder homosexuell, das einen distanzierten, unbeteiligten oder nicht liebenden Vater hat, Beziehungen zu anderen Männern eingehen, die erfüllt sind von

Argwohn oder Wut. Ein Homosexueller, den sein Vater aus Angst oder aufgrund der Tatsache, daß er seinen Sohn als anders empfand, abgelehnt hat, wird feststellen, daß seine Beziehungen zu anderen Männern oft gestört sind. Er kann sich gehemmt fühlen durch eine Angst vor Ablehnungen, durch eine Wut auf den Partner, daß dieser ihn zwangsläufig verletzen wird."

R.A. Isay
„Schwul sein", Serie Piper 1993

Viele schwule Männer kommen später über die Herstellung kurzzeitiger sexueller Kontakte nicht hinaus. Sie begehren einen Mann, halten aber die Nähe nicht aus, ohne die Liebe nicht entstehen kann. So rasen sie von Sexualpartner zu Sexualpartner – inzwischen rund um den Erdball –, nur um der bedrohlichen Nähe zu entgehen, die ein anderer Mann von ihnen einfordern könnte.

*

Mädchen und Jungen, deren kindliche sexuelle Bedürfnisse auf das gleiche Geschlecht gerichtet sind, schwimmen unfreiwillig gegen den Strom. Noch unbeeindruckt von der Umgebung, ignorieren sie in der Phase der erwachenden Sexualität die äußeren kulturellen Zwänge und Verbote auf ihre Weise. Sie greifen nach dem, was ihnen Lust macht. Noch dürfen sie, denn noch sind sie ja so klein und niedlich.

Hat ein Mädchen sprechen gelernt und verkündet kaum ein Jahr später, „wenn ich groß bin, will ich die Mama heiraten", setzen die Korrekturen ein. „Eine Frau kann eine andere Frau doch nicht heiraten", antwortet die Mama. „Nur Männer und Frauen dürfen sich heiraten", fügt sie hinzu und macht die Wahrheit komplett.

Über die Antwort der enttäuschten Tochter, „Papa will ich aber nicht heiraten!", breitet die Mutter lieber den Mantel des Schweigens. Wie auch immer, ein Kind weiß recht bald, erwachsen sein heißt, eine Frau heiratet einen Mann oder ein Mann heiratet eine Frau. Alles ist ganz selbstverständlich, und wer sich daran hält, dem wird es auch später gutgehen.

Kinder erfassen sehr schnell, die Erwachsenen sind mächtig, sie sitzen am längeren Hebel. Widerstand gegen die Wünsche und Erwartungen der Erwachsenen wird systematisch unterdrückt und gebrochen, Anpassung und Wohlverhalten werden belohnt. Schon im Vorschulalter haben sie das Verhaltensmuster – Widerstand wird bestraft, Anpassung wird belohnt – verinnerlicht.

Viele Kinder gehen äußerlich, dem Schein nach, auf die Erwachsenen ein und passen sich an. Sie verschließen ihre Seelen, da haben die Erwachsenen nichts zu suchen.

Mit Eifer löst der kleine Junge an der Seite des sympathischen Wanderburschen die drei Aufgaben, die der König in seinem Reich aufgegeben hat. Dem Sieger winkt die Hand der wunderschönen Prinzessin.

Der Achtjährige hat keine Schwierigkeiten. Mühelos wechselt er von einer Rolle in die andere. Hat er eben noch mit dem Schwert in der Hand gemeinsam mit dem Wanderburschen das siebenköpfige Ungeheuer besiegt und damit auch die dritte Aufgabe erfolgreich gelöst, beugt er sich nun huldvoll zu dem vor ihm knienden Wanderburschen und legt ihm liebevoll die Hand auf das aufregend glänzende Blondhaar. „Mein Prinz, ich werde dich immer lieben!" haucht er ihm begehrlich ins Ohr.

Ohne Gewissensbisse reitet auch die Achtjährige auf dem Rücken des Rappens um die Gunst der schönen Prinzessin. Was kümmert sie, daß die Angebetete weiblichen Geschlechts ist. Allein ihre Sehnsucht zählt, in ihren Phantasien verzehrt sich das Mädchen nach der lieblichen, wunderschönen Prinzessin.

Die Konfusion im Kind entsteht, sobald es mit den Eltern oder den Lehrern in der Schule über seine Phantasien und Träume redet. Die Eltern reagieren mit Verboten, die Lehrer lenken verlegen vom Thema ab.

Mathias, 33

Als ich so vier oder fünf Jahre alt war, bin ich zu den Eltern ins Bett gekrochen und habe gern bei der Mutter gelegen und mich angekuschelt. Daran erinnere ich mich ziemlich gut. Von meinem Stiefvater hätte ich mir mehr Wärme gewünscht. Sexuell habe ich ihn nie begehrt, andere Männer schon.

Wir wohnten vor einer Kaserne. Im Alter von sechs, sieben Jahren sind wir zu zweit oder dritt hin und haben die Wachen angequatscht. Ich fand das ziemlich aufregend. Vor dem Einschlafen habe ich mir ausgemalt, wie ich sie auszog, wenn sie verwundet waren. Beim Pflegen bin ich mit meinen Hände ab und zu an ihre Geschlechtsorgane gekommen. Ich war sehr erregt dabei.

Auf dem Heinmweg nach der Schule habe ich es mit einem Klassenkameraden getrieben. Wir faßten uns gegenseitig in die Hosen, danach sind wir unter die Flußbrücke und haben da weitergemacht. Es war total irre. Auf dem Schulklo stellten wir uns oft nebeneinander und pinkelten in das gleiche Becken. Dabei rieben wir uns.

Mit fünf hatte ich mich im Kindergarten in einen Jungen verliebt. In meiner Phantasie habe ich mit ihm die schönsten Spiele gespielt. Ich erinnere mich heute noch an seinen Vor- und Familiennamen. Gesprochen habe ich darüber mit niemandem. Schuldgefühle hatte ich nicht, instinktiv ahnte ich aber, daß man darüber nicht spricht. Wäre es erlaubt gewesen, hätte ich sicherlich freudestrahlend zu Hause von dem Jungen geschwärmt. So habe ich es ganz für mich behalten.

Daß ich anders war als andere Jungen, wurde mir recht früh gesagt. Die Umgebung registriert das ja viel früher als man selbst. Irgendwann hatte ich keine Lust mehr auf Jungenspiele. Viel aufregender fand ich, was die Mädchen in ihrem Körbchen hatten. Die Jungen wunderten sich, daß ich nicht mit ihnen spielen wollte, akzeptierten mich aber trotzdem.

Du bist wie ein Mädchen!, das habe ich oft gehört. Wegen

meiner Knopfaugen nannten sie mich Knöpfchen. Mutter machte mich chic, ich wollte schlampig rumlaufen.

Fremde waren erstaunt, wenn ich ihnen sagte, daß ich ein Junge bin. Als ich zum ersten Mal meine Mutter vom Betrieb abholte, gab der Pförtner am Telefon durch, ihre Tochter erwartet sie am Eingangstor. Ich war zutiefst schockiert. Um Gottes willen, nein, ich wollte schon ein Junge sein.

Während Mutter arbeitete, habe ich meine jüngeren Brüder trockengelegt und gewickelt. Manchmal habe ich schon gestaunt: Die konnten noch nicht laufen, kriegten aber schon ein steifes Pimmelchen.

Sandra, 25

Ein richtiges Mädchen, das ihre Puppen in einem Puppenwagen herumfährt, war ich nie. Mein Bruder fand Puppen toll. Er hockte in der Wohnung, und ich tollte draußen mit den anderen Jungen rum. Die Mädchen waren mir alle zu bieder. Von den Menschen, die mir wichtig waren, hat daran niemand Anstoß genommen.

Ich hatte als Kind immer Schwierigkeiten mit Frauen. Ich fand sie faszinierend und habe sie wahnsinnig gemocht – auch meine Mutter –, aber ich hatte immer auch Angst vor der Macht, die Frauen auf mich ausüben konnten. Frauen, die ich gut fand, habe ich schon damals sehr gern angeschaut. Mit starken Frauen hatte ich Probleme, weil sie mich so sehr verletzen konnten.

Mein erstes sexuelles Erlebnis hatte ich mit fünf oder sechs Jahren, mit einem Mädchen. Wir zogen uns aus und untersuchten uns gegenseitig. Natürlich hatten wir Gefühle dabei, sehr angenehme, es war ein sexuelles Erlebnis. Wir haben ganz unbefangen darüber gesprochen, wie Kinder eben darüber sprechen können. Die obligatorischen Doktorspiele fand ich nicht so toll, ich wollte mich nicht anfassen lassen. Wenn, dann wollte ich die Schwester sein.

Ich denke, ich war ein temperamentvolles Mädchen, das sich nicht in die gängigen Klischees stecken ließ. Die Mädchenrolle war mir einfach zu langweilig. Ich bin deshalb kein Mannweib geworden, ich fühle mich weiblich und suche in anderen Frauen das Weibliche. Mein Bruder hat in diesem Alter eher die Erwartungen erfüllt, die man an ein Mädchen hat. Wenn's nach dem Klischee abgelaufen wäre, wäre er schwul. Begehrt hat er aber immer Frauen.

Ich hab als Kind die unmöglichsten Sachen angestellt und war doch immer ängstlich. Ich habe mich zusammengenommen und die Angst überwunden. Mein Mut hat mich allerdings verlassen, wenn es um Frauen ging. Die Faszination war riesengroß, und trotzdem habe ich mich ihnen nicht genähert. Ich mochte in der Schule die stärkeren Mädchen, hab mich aber nicht rangetraut. Ich fürchtete mich vor dieser Anziehung und verhielt mich passiv. Die Hexen in den Märchenbüchern haben auch dieses schaurig-schöne Gefühl in mir ausgelöst.

Marina, 33

Soweit ich zurückdenken kann, war ich anders als andere Mädchen. Mit fünf Jahren habe ich meiner Mutter auf dem Weg zum Kindergarten gesteckt: „Du, Mutti, ich will operiert werden." Als meine Mutter nachfragte, sagte ich: „Ich will ein Junge werden." Als sie mich am Nachmittag abholte, war der Wunsch vergessen, doch ich hatte zum ersten Male deutlich ausgesprochen, daß ich viel lieber ein Junge gewesen wäre.

Ich mochte Puppen überhaupt nicht. Meine Welt waren Teddys, Plüschtiere, Autos, Fußballspielen und auf Bäume klettern. Mein sechs Jahre älterer Bruder war der sanfte, liebe Junge, der sich nie wehrte – ohne mädchenhaft oder tuntig zu sein. Er ist längst glücklich verheiratet und hat zwei Söhne.

Als ich zur Welt kam, freuten sich alle: Ein Mädchen! Auf diese Rolle ließ ich mich nach langem Gezeter sonntags ein, aber auch nicht immer. Da war ich dann, wie sie mich haben wollten. Das adrette, kleine Mädchen im Rüschenkleidchen. In der Woche war ich der kernige Bengel, der beim Garagenbau zupackte. Bei meiner Einschulung heulte ich los, ich wollte kein Kleid tragen. Ich wollte gerne eine Hose anziehen.

Ich denke heute, so war ich eben: aufgeweckt und sportlich. Als Kind habe ich nicht darüber nachgedacht. Ich habe getan, was mir Spaß machte. Ich wollte auf Bäume klettern, ich wollte Fußball spielen, und ich fühlte mich in der Beschützerrolle wohl. Als ich älter wurde, wollte ich zur Armee oder zur Polizei. Die Wünsche waren ganz massiv. Nebenbei habe ich auch leidenschaftlich gekocht und gestrickt.

So in der dritten oder vierten Klasse konnten sich meine Eltern auf den Kopf stellen, gegen meinen Willen ließ ich mir ein Kleid nicht aufzwingen. Ich habe wahrgenommen, daß ich anders als die anderen Mädchen war, für unnormal hielt ich mich ganz und gar nicht.

In der fünften Klasse bekamen wir eine neue Klassenlehrerin, klein und zierlich. Sie hatte es mir sofort angetan. Unsere Klasse war die schlimmste an der Schule. Sie setzte sich auf Anhieb durch. Ich habe sie unterstützt, wo ich konnte. Das habe ich bei keiner anderen Lehrerin oder Lehrer getan. Bei denen habe ich Theater gemacht, weil ich wußte, die beschweren sich bei meiner Klassenlehrerin, und die muß sich dann wieder mit mir beschäftigen.

Ich war unsterblich verliebt in diese Frau. Ich bin nachts losgezogen, habe Blumen geklaut und mich gegen die gesamte Klasse gestellt, um sie zu schützen. Wir hatten eine sehr innige Beziehung zueinander.

Nach meinem Coming out habe ich lange gebraucht, um ihr von meiner damaligen Verehrung zu erzählen und daß ich als Lesbe lebe. Die Angst davor war enorm. Heute sind wir freundschaftlich miteinander verbunden.

Ich entsinne mich an eine Klassenfahrt, wo ich „meiner Lehrerin“ ständig auf die Nerven ging. Ich wollte neben ihr sitzen, ihr den Koffer tragen, ich las ihr Wünsche von den Augen ab, die sie nicht hatte. Sie entzog sich. Am nächsten Tag fühlte sie sich nicht wohl, sie hatte Kopfschmerzen und ging auf die Toilette, um sich zu erbrechen. Ich sofort hinterher und erbrach mich ebenfalls. Im wahrsten Sinne des Wortes: Ich habe sie geliebt bis zum Erbrechen. In meinem Kopf war es keine platonische Beziehung.

Ich bin in einem sehr liebevollen Elternhaus aufgewachsen, die Großeltern lebten bis zu ihrem Tod bei uns. Meine Mutter ist sehr emotional, sehr liebebedürftig und kann auch sehr viel Liebe geben. Mein Vater ist eher jähzornig, liebte mich aber abgöttisch.

Mein Vater hatte einen schweren Unfall, da war ich zehn. Er veränderte sich sehr. Wegen einer Bagatelle schlug er mich einmal ganz doll, ich war sehr betrübt. Vor dem Schlafengehen wollte ich ihm den üblichen Gutenachtkuß geben, auch um ihm zu zeigen, daß ich ihm verziehen hatte. Er wies mich ab, kurz und knapp: „Verschwinde!" Für sechs Jahre war unser Verhältnis ziemlich gestört. Wir haben nur noch das Nötigste gesprochen, Körperkontakte gab es nicht mehr, für mich war es hart. Wir wollten beide, doch jeder hat von dem anderen den ersten Schritt erwartet.

Conrad, 21

Etwa mit zwölf Jahren hatte ich nach Träumen meine ersten Samenergüsse. Frauen sind in meinen Träumen nicht vorgekommen, auch später beim Onanieren nicht. Ich hab mich nie dagegen aufgelehnt, daß ausschließlich Männer vorkamen. Als die anderen von ihren Mädchen erzählten und Pornos in der Klasse kreisten, blieb ich draußen. Ich war über meine Gefühle weder verzweifelt noch erschrocken, ich wußte nur, das ist ein Tabuthema, darüber redet man nicht offen.

Minderwertig fühlte ich mich deshalb nie. Ich hab mich schon mal gefragt, warum hat's gerade dich getroffen, doch die Lust auf einen Mann war immer stärker als die Selbstvorwürfe.

Das Gefühl, ich bin der einzige weit und breit, kam nie auf, weil ich ein Spiel spielte, das ich „Schwule enttarnen" nannte. Kein Mann, der mir gefiel, war vor meiner Enttarnung sicher. Bei femininen Männern war ich mir sicher, die männlichen Typen hab ich einfach dazu gemacht.

Frank, 32

Ich habe mich und andere Jungen körperlich entdeckt, da war ich ungefähr zwölf. Mein Bruder und ich hatten Vaters

Pornokiste entdeckt, und ich versuchte mit einem Schulfreund, die Bilder nachzuspielen. Als Mutter die Schwarzweißabzüge erwischte, verbrannte sie die ganze Kiste. Vater standen die Tränen in den Augen. Die Dinger wurden damals im Osten recht teuer gehandelt.

Mit dreizehn, vierzehn habe ich den Friedrichshain – diesen Park – entdeckt. Keiner durfte an mich ran, der mich auch nur im Entferntesten an jemanden aus der Familie erinnerte. Zu alt durften die Männer auch nicht sein. Ab und zu habe ich mir auch was schenken lassen. Das bot sich halt an.

Mit meinem Freund in der Schule war der Sex in Freundschaft eingebettet. Sex im Park war von allem getrennt. Ich hatte eine Freundin, bei der ich oft an den Abenden war. Auf dem Nachhauseweg habe ich regelmäßig einen Umweg über die Klappe gemacht und mich dort sexuell befriedigen lassen.

Ich habe mir nie Gedanken darüber gemacht, daß ich schwul sein könnte. Sex, das war wie ein spannendes Spiel, und ich hatte auch gelesen, daß jeder Junge so eine Phase durchmacht wie ich.

Ulrike, 27

Ich verknallte mich in eine Frau. Sobald sie in meine Nähe kam, atmete ich immer ganz tief ein. Ich roch sie unheimlich gern. Ich wollte sie umarmen, ihr Haar berühren, doch ich traute mich nicht. Schon von Kindheit an baute ich zu Mädchen, die ich mochte, eine totale körperliche Distanz auf. Was ich bei Freunden und Kumpels zuließ – Hallo, eine Umarmung bei der Begrüßung –, bei Mädchen gestattete ich mir das nicht. Penibel achtete ich darauf, sie nur nicht zu berühren. Klar, ich hatte Angst, sie könnten mir auf die Schliche kommen und sich von mir abwenden. Ich ahnte mehr, als ich wußte. Als in der siebenten Klasse die Mädels anfingen, ihre Sachen zu tauschen, machte ich nicht mit. Ich hätte gern den Pullover einer Freundin angezogen, aber ich hielt mich verlegen abseits.

Als mein Körper sich in der Pubertät plötzlich veränderte, war ich ziemlich konfus. Die Brust wuchs, und ich sollte Bikini oder Badeanzug tragen. Es war mir total lästig.

In der 5. Klasse hatte ich mit Judo begonnen. Eine Sportart mit viel Körperkontakt. Nach der Pubertät kam ich beim Training in Schwierigkeiten. Es gab Stellungen, die mir furchtbar peinlich waren. Ich lag oder saß auf meiner Trainingspartnerin und fand das schön und schlimm zugleich. Ich zitterte, sie sollte nicht mitbekommen, was in mir ablief.

Die Jungen konnten mich alle schau leiden, ich war für sie ein superdoller Kumpel. Aber verliebt haben sie sich in andere Mädchen. Ich wollte aber auch einen Freund haben.

Ich spielte weiterhin Fußball, veränderte aber mit Hilfe meiner Freundin mein Äußeres. Ich trug Parka, ließ mir die Haare wachsen, stand öfter vor dem Spiegel und rannte in Diskos. Ich erinnere mich, daß ich zur selben Zeit auch in meine Klassenlehrerin verliebt war. Wirklich beunruhigt war ich nicht. Irgendwie konnte ich das immer ausbalancieren. Ich hatte meine Anerkennung, zu Hause und in der Schule. Als Außenseiter fühlte ich mich nie.

Bengt, 23

Ich bin noch nicht zur Schule gegangen, da haben mich Männer angezogen, die auch heute noch eine sehr, sehr starke Ausstrahlung auf mich haben. Ich reagiere schon immer auf einen ganz bestimmten Körpertyp. Breitschultrig, muskulöse Beine, sehr behaart. Sehe ich so einen Mann, schaue ich ihm automatisch nach. Das war schon immer so. Das Gesicht ist für mich wirklich zweitrangig. Theoretisch könnte ich mich in jeden Mann verlieben, der diese physische Ausstrahlung hat. Zumindest kann ich mir vorstellen, mit so einem Mann guten Sex zu machen. Lasse ich mich doch einmal auf einen anderen Typ ein, bin ich enttäuscht.

Als Kind wollte ich so werden wie die Männer, die mir gefielen. Mit acht Jahren ging ich regelmäßig zum Ringen. Zu Hause hatte ich meine kleine Hantel, mit der ich täglich meine Übungen machte. Hinter meinen Bemühungen muß die Überlegung gestanden haben, ich bekomme die Aufmerksamkeit dieser Männer nur, wenn ich so wie sie werde. Mit meinem Sport war ich auf dem richtigen Weg. Ich mußte mich nicht prügeln, um vor den anderen Jungen meine Männlichkeit zu beweisen. Die war sozusagen besiegelt.

Ich habe sehr früh einen Punkt mitbekommen, der für mich wichtig ist. Egal, ob ich einen Kampf gewinne oder verliere, meistens finde ich die Auseinandersetzung erotisch. Das Gefühl zu unterliegen hat für mich nichts Weibliches, ich werde von einem Mann besiegt, der stärker ist. Gewinne ich, bin eben ich der Stärkere. Mit meinem Partner habe ich beides.

Ich war siebzehn, da haben meine Eltern einen Brief von einem Kumpel gelesen, den ich im Trainingslager kennengelernt hatte. An das Theater möchte ich nicht mehr erinnert werden. Damals hätte ich jemand gebraucht, dem ich mich hätte anvertrauen können.

Das hilflose Stochern der Eltern in der frühkindlichen Phase

Was haben wir bloß falsch gemacht?

Das Vorurteil ist weiter von der Wahrheit entfernt als die Unwissenheit.

Lenin

Es ist zur Gewißheit geworden: Das eigene Kind ist homosexuell!

„Was für ein Unglück!" jammert der Vater. Mit gebrochener Stimme schluchzt die Mutter: „Warum muß gerade uns das passieren?"

Das eigen Fleisch und Blut krank, fehlentwickelt, unnormal, pervers! Das Entsetzen ist groß. Die Eltern verstehen die Welt nicht mehr, sie geraten in eine tiefe Krise, Hilflosigkeit triumphiert. Homosexuelle in den eigenen vier Wänden, das sprengt alle Vorstellungen.

Heulend sitzen sich Mutter und Tochter in ihren Fernsehsesseln gegenüber, der Vater läuft unruhig hin und her. Angst und Abscheu breiten sich im Wohnzimmer aus, das Schmuddelthema ist zum Greifen nah.

Die erklärenden Worte, die sich das Mädchen nach wochenlangen Überlegungen mühselig zurechtgelegt hatte, sind plötzlich wie weggeblasen, ihr Kopf ist total leer. Plötzlich springt die Fünfzehnjährige auf und rennt wortlos in ihr Zimmer, sie hält die Spannung nicht mehr aus.

*

Sehr oft reagieren Eltern auf die Aufdeckung von Homosexualität bei den eigenen Kindern hysterisch und sind nicht wiederzuerkennen. Selbst Eltern, die sich bisher tolerant gegenüber Lesben und Schwulen verhielten – und auch ihre Kinder dazu anhielten –, verlieren den Kopf. Die Gewißheit, das eigene Kind ist auch homosexuell, macht ihnen furchtbare Angst. Nun wird offensichtlich, daß auch sie sich mit der irrationalen Bedrohung, die noch immer von realer Homosexualität ausgeht, nur oberflächlich auseinandergesetzt haben. Das homosexuelle Kind kann sich die Irritation der Eltern nur so erklären, daß deren weltoffene, liberal klingenden Statements nie mehr als hohle Worthülsen waren.

Die Angst der Eltern spiegelt die reale Situation der Homosexuellen in Deutschland wider, die auch im letzten Jahrzehnt des Jahrhunderts durch Diskriminierung und Ausgrenzung charakterisiert ist. Nachvollziehbar ist deshalb der spontane Impuls der Eltern, das Kind und auch sich davor zu schützen, die Familie vor der Bedrohung der Diskriminierung zu bewahren.

Die räumliche Distanz zu Homosexualität ist ganz plötzlich auf wenige Zentimeter geschrumpft, die bewährten Verdrängungsmechanismen greifen nicht mehr, Ratlosigkeit lenkt die Entscheidungen. Eltern erteilen Auflagen, verschärfen Vorschriften und erlassen Verbote, schleppen die Kids auf die Couch der Analytiker oder stellen sie dem Psychiater vor.

Leider erkennen nur die wenigsten, daß die Kids in einer homophoben Gesellschaft auf Hilfe und Unterstützung von ihren Eltern angewiesen sind.

*

Das Wissen der besorgten Eltern über die möglichen Ursachen von Homosexualität – meist ein Gebräu aus medizinischem Wörterbuch, Aufklärungsartikelchen in Zeitschriften und dem, was man so darüber gehört hat – läßt bei vielen Eltern nach dem ersten Schock die Frage aufkommen: „Was haben wir bloß falsch gemacht?“

Gemeinsam gehen sie Jahr für Jahr im Leben des Kindes durch. Hartnäckig suchen sie den Grund, der dazu geführt haben muß, daß gerade dieses Kind sich so anders als andere Kinder entwickelt hat. Dankbar greifen sie zu den verfügbaren Erklärungsmustern für die Entstehung von Homosexualität, die vor allem die Psychoanalyse in unserem Jahrhundert produziert hat. Viele basteln sich die ihnen plausibelste Entstehungsvariante aus einem Ursachenkatalog zusammen, dessen Inhalt seit Jahrzehnten gleichgeblieben ist, der nur dem jeweiligen Zeitgeist angepaßt wurde.

Wer darin eifrig und lange genug sucht, wird auch fündig. Rückschauend legen viele Eltern – oft mit der Hilfe von Medizinern und Psychologen – ein Mosaiksteinchen nach dem anderen frei und fügen es wie in einem Puzzle zu einem Bild zusammen, das ihnen Aufschluß über den Defekt bringen soll.

„Ja, ich war wirklich zu besitzergreifend, zu egozentrisch", kommentiert selbstkritisch eine Mutter. Ein Vater hat seinen Anteil entdeckt: „Es hat lange gedauert, bis ich das Baby annehmen konnte – höchstwahrscheinlich zu lange. Das leuchtet mir ein."

Die Schuldgefühle türmen sich auf, und die Einsicht, versagt zu haben, wird zur Gewißheit.

Was tun? Wiedergutmachung ist ausgeschlossen. Die angeblich alles entscheidende frühkindliche Phase, in der die sexuellen Verhaltensmuster geprägt werden, ist längst vorüber.

Doch das Vertrauen in die Allmacht der Psychoanalyse scheint unerschütterlich, denn noch immer eint viele Eltern und Therapeuten eine gemeinsame Sicht. Homosexualität ist eine Fehlentwicklung, die der Korrektur bedarf.

Zweifel an der Notwendigkeit werden erst gar nicht zugelassen. Weiß man doch, wo solche Menschen enden. Eile ist geboten, um dem eigenen Kind das leidige Schicksal eines Ausgestoßenen zu ersparen.

Ein Ohrring signalisiert: Links ist cool, rechts ist schwul!

Coming-out-Geschichten

Wenn Menschen sich weit von ihrem eigentlichen Wesen entfernen, verlieren sie die Fähigkeit zu intensiveren Beziehungen.

Rita Mae Brown

Der Weg für die Kids bis zum Coming out ist verstellt wie ein Hürdenwald. Gestaltet sich schon das Einrichten in einer heterosexuellen Identität in der Pubertät für viele Mädchen und Jungen äußerst kompliziert und widersprüchlich, gleicht die Findung einer lebbaren homosexuellen Identität oft einer Irrfahrt ohne Kompaß. Die Kids sind in der Regel auf sich allein gestellt und werden von der Umgebung desorientiert, vor allem in einem familiären Umfeld, in dem Sexualität und Sinnlichkeit kaum vorkommen oder tabuisiert sind. Die Wahrscheinlichkeit des Scheiterns ist groß. Die ausbleibende Anerkennung der eigenen Gefühlswelt schlägt oft in Selbsthaß um, neurotische und psychotische Verhaltensmuster stellen sich ein, die Suizidgefahr wächst.

Selbst bei äußerster Bereitwilligkeit des Kindes, auf die Wünsche und Forderungen in seiner Umgebung einzugehen, erweisen sich Erfolge nach einer gewissen Zeit als faule Kompromisse, als grobe Selbsttäuschungen.

Hierzu gehören die frustrierenden Beziehungen, die junge lesbische Mädchen mit Jungen eingehen. Oft aus Unsicherheit über die eigenen emotionalen und sexuellen Bedürfnisse, denen man nicht zu trauen wagt, oder aber den Eltern zuliebe, da in diesem Alter ein Mädchen einen Freund hat. Ähnlich frustrierende Erfahrungen machen pubertierende schwule Jungen mit Mädchen, die sie oft aus den gleichen Gründen ihren Eltern und Freunden wie eine Jagdtrophäe präsentieren.

Thomas, 20

Es ist gerade mal zwei Jahre her, ich erinnere mich ziemlich genau. Ich hatte einen Freund, einen sehr, sehr guten Kumpel, keinen Intimfreund. Wir konnten miteinander über alles mögliche reden.

Eines Abends, wir gingen an einem See in der Nähe von F. spazieren, blieb er plötzlich stehen und sagte mir mitten ins Gesicht: „Ich bin schwul!“ Das war schon seltsam, eigentlich konnte ich gar nichts damit anfangen. Eine deutliche Antwort habe ich nicht zustande gebracht. Auf dem Weg nach Hause hab ich mir den Satz noch einmal durch den Kopf gehen lassen. Für Mädchen hatte ich mich auch nie sonderlich interessiert, doch deshalb gleich auf den Gedanken zu kommen, daß ich schwul sein könnte – nein. Ich war ziemlich verwirrt, jedenfalls hat mich das Gespräch die Tage darauf nicht mehr losgelassen. Bis ich ihn – meinen Kumpel – so nach vier, fünf Tagen daraufhin angesprochen habe.

Er hat erzählt, ohne große Scheu. Wie er bei sich darauf gekommen ist, was es für ihn bedeutet und wie seine Eltern darauf reagiert haben. Mich hat brennend interessiert, wie er sein Schwulsein auslebt. Ich habe ihn ganz einfach danach gefragt, und er hat offen mit mir darüber gesprochen. Während des Gesprächs konnte ich mich mit immer mehr Ideen und Vorstellungen identifizieren. Aufgefallen war mir schon, daß ich mich in der Umkleidekabine ab und zu nach Jungen umdrehte. Für einen kurzen Moment konnte ich mir plötzlich vorstellen, auch schwul zu sein. Als ich ihm das sagte, war er nicht allzu überrascht. Kurz und gut: Seit zwei Jahren sind wir ein Paar.

Heute wundere ich mich schon, daß ich nicht früher darauf gekommen bin. Meine Eltern haben mich streng katholisch erzogen, ich war schon sehr früh als Ministrant tätig. Einige von den Jungen dort wollten später Priester werden. Ich dachte, das ist auch ein Weg für mich. Ich bin auch dazu bestimmt, Mädchen interessierten mich sowieso nicht, ich bin ganz langsam in diese Welt hineingewachsen.

Etwa zwischen fünfzehn und siebzehn dachte ich, Interesse für Frauen könnte sich vielleicht später noch entwikkeln und dann müßte ich mich damit auseinandersetzen. An Homosexualität habe ich keinen Gedanken verschwendet. Ich mußte auch nichts unterdrücken.

In meinem Elternhaus wurde das Thema total ausgeklammert, auch unter meinen Freunden war es tabu. Darüber redet man nicht! So ausdrücklich ist das von niemandem gefordert worden. Man sprach einfach nicht darüber. Weder zu Hause, in der Schule und in der Kirche gleich gar nicht.

Mein Freund hatte in mir unheimlich viel ausgelöst, ich war erst einmal baff. Die Gefahr durchzudrehen bestand nicht, ich habe alles eher gelassen betrachtet. Gut, dachte ich, für den Priesterberuf bist du nicht bestimmt, mit so einer Veranlagung wärst du als Priester niemals glücklich geworden. Andererseits, so ganz sicher war ich mir auch nicht. Generell trifft für mich zu, bevor ich mir ein endgültiges Urteil bilde, probiere ich mich aus.

Gut, dachte ich, versuche es, aber laß dir Zeit. Machst du schlechte Erfahrungen und kommst zu dem Schluß, Homosexualität ist nichts für dich, dann läßt du es einfach bleiben. Zu Mädchen kannst du dann immer noch überwechseln. Erst probierst du das, was dich am meisten interessiert.

Es dauert, bis bei mir etwas gereift ist. Merke ich, die Sachlage ist so und nicht anders, wird die notwendige Entscheidung schnell und rigoros getroffen. Ich sage zack, bis hierhin und nicht weiter, und ab jetzt geht es da entlang.

So mit vierzehn, fünfzehn Jahren war mir klar, daß Mädchen mich nicht interessieren. Später mit einer Frau zusammenzuleben war kein Thema. Langsam kam mehr und mehr Licht ins Dunkel. Für Gewißheiten, die bei mir dann mit Konsequenzen verbunden gewesen wären, reichte es aber noch lange nicht. Ich bin schon irgendwo ein Phänomen, denn Sexualität war vor meinem Freund kein Thema, das mir schlaflose Nächte bereitet hätte. Ich habe mich nicht selbst befriedigt, für einen Vierzehn- bis Achtzehnjährigen wohl eher untypisch. Meine christliche Erziehung zeigte Wirkung. Das war was Schlechtes, einige taten es , ich nicht.

Als in der 13. Klasse im Biologieunterricht das Thema Aids zur Sprache kam, wurde auch gesagt, daß insbesondere Homosexuelle davon betroffen sind. Und gerade ich sollte nun zu so einer Gruppe gehören?

Warum bin ausgerechnet ich so? Das habe ich mich nicht gefragt, aber interessiert hat es mich schon, woher das rührt. Kommt es von der Mutter, hat es was mit der Erziehung zu tun, oder gab es negative Erfahrungen, die dazu führten?

Ich hab's locker genommen, es ist so und fertig. Mit meinem Kumpel, der mein Freund war, hatte ich mich jahrelang bombig verstanden, warum sollte ich mich nun schlecht fühlen. Das hatte sich nicht verändert, nachdem er sich mir offenbarte, und auch nicht, als ich mich dazu bekannte. All das blieb erhalten, und es kam noch mehr dazu.

Schwierig war nur die Frage, wie bringe ich es meinen Eltern bei, wie sag ich es meinen Freunden. Da sah ich Probleme auf mich zukommen. Als Schandfleck habe ich mein Schwulsein nicht einen einzigen Tag lang angesehen.

Damit in die Öffentlichkeit zu gehen, das hat mir Kopfschmerzen bereitet. Im September hatte ich das erste Mal mit meinem Freund geschlafen. Nach drei Wochen sagte ich mir, weih die Mutter ein. Da passierte etwas, das mir mein Vorhaben teilweise erleichterte.

Nach einem Discobesuch brachte mein Freund mich nach Hause. Eigentlich wollten wir bei mir oben nur noch kurz kuscheln, sind dabei aber dummerweise eingeschlafen. Am nächsten Morgen fand uns meine Mutter. Das Bett war recht schmal, die Situation eindeutig. Sie ist gleich wieder raus. Für mich stand fest, nun sage ich es ihr.

Inzwischen hatte ich meinen Eltern schon angekündigt, daß ich nicht mehr Priester werden wolle. Ich nehme an, das hatten sie so ernst noch nicht genommen. An einem der nächsten Abende hab ich mich meiner Mutter offenbart: Ich interessiere mich nicht für Mädchen, ich habe einen Freund, du kennst ihn, es ist M. In ihm habe ich jemanden gefunden, der mir sehr, sehr viel bedeutet, von dem ich sagen kann, ich liebe ihn.

Sie kannte ihn seit Jahren und hatte ihn immer als meinen

Kumpel akzeptiert. Gute Leistungen, raucht nicht, trinkt nicht, nimmt keine Drogen – bisher hatte sie nie etwas gegen ihn einzuwenden. Mutter war schon bestürzt. Ja, vielleicht ist es doch nur eine Phase, und es geht wieder vorbei, du bist doch noch so jung.

Nach drei Wochen hat sie mich wieder daraufhin angesprochen, in der leisen Hoffnung, die Phase sei vorüber. Nein, sagte ich, Mama, daran hat sich überhaupt nichts geändert. Gehe bitte auch nicht davon aus, daß sich daran noch einmal was ändern wird. Ich habe Klarheit.

Wie ich mir das vorstelle, wenn Papa das erfährt, überhaupt, was werden die anderen in der Familie dazu sagen. Was Papa anging, waren ihre Befürchtungen berechtigt, er war für mich die schwerste Hürde.

Gut, hab ich gesagt, Vater lasse ich zunächst raus, ich rede erst einmal mit meinem Bruder.

Ich hin zu meinem Bruder, der gleichzeitig mein Firmpate ist. Bei den Katholiken gibt's die Kommunion und die Firmung. Die Firmung erfolgt so mit sechzehn, siebzehn. Danach wirst du als vollständig Erwachsener in die Gemeinde aufgenommen. Der Firmpate ist in der Regel älter und erfahrener, damit er dich in deinem christlichen Leben beraten kann.

Mein Bruder ist ein liberaler Christ, dem ich in vielen Fragen zu konservativ war. Er war geschockt, reagierte aber vernünftig. Wenn ich der Meinung bin, das sei das Richtige für mich, dann müßte ich damit leben, und das bedeutet aber auch, damit an die Öffentlichkeit zu gehen. Also Vater einweihen. Mit der Rückenstärkung meines Bruders habe ich daraufhin den Familienrat für das nächste Wochenende einberufen.

Ich habe die Sitzung folgendermaßen eröffnet: Ich bin schwul, ich habe einen festen Freund, ihr kennt ihn alle! Das habe ich hintereinanderweg geredet, ohne Luft zu holen.

Mein Vater war total schockiert und hat sich ausgeblendet. Meine Schwester schlug mir vor, darüber in Ruhe miteinander zu reden. Ich sprach meinen Vater noch einmal direkt an. Das einzige, was er rausbrachte: Damit kann ich gar nichts anfangen. Wir schauten uns alle noch einmal hilflos in die Augen, und dann war die Vorstellung aus.

Ich hatte getan, was ich konnte. Nun waren die anderen dran. Das Gespräch mit meiner Schwester fand noch am gleichen Abend statt. Das ist deine Entscheidung, sagte sie, damit war Klarheit zwischen uns.

Vater und ich sind uns in den nächsten zwei Wochen aus dem Weg gegangen. Wir haben uns morgens gegrüßt und waren beide froh, wenn wir nicht zusammen frühstücken mußten. Abends haben wir uns kaum gesehen. Daß es mächtig in ihm arbeitete, zeigten die Sprüche, die er ab und an mal zwischenhaute: Du stehst doch kurz vorm Abitur, da müßtest du doch Verantwortung zeigen! Werde endlich vernünftig und mach Schluß mit diesen Kindereien! Hast du dir schon Gedanken gemacht, wie du dir dein Studium finanzieren willst? Solange du Jungen vorziehst, kriegst du keinen Pfennig! Ich habe geantwortet: Es ist nun mal so, ich kann mich deshalb nicht aufgeben, wenn du mich nicht mehr unterstützen willst, wenn du mich enterben willst, dann mußt du das eben tun. Wenn du das mit deinem Gewissen vereinbaren kannst, schmeiß mich auch aus deinem Haus, aber mit allen Konsequenzen. Und rühme dich nicht mehr mit mir, ich werde das Abi auch so durchziehen!

Für seine Antwort brauchte er einen Tag: Ich akzeptiere dich als meinen Sohn, und du erhältst auch weiterhin Unterstützung, das Thema Homosexualität will ich bei mir zu Hause nicht haben. Ich möchte dich und deinen Freund hier nie in inniger Umarmung antreffen! Außerhalb des Hauses meinetwegen, solange ich nichts mitbekomme!

Ich wollte, daß mein Freund zu meinem 19. Geburtstag kommen durfte. Den Wunsch hatte ich gegenüber meiner Mutter geäußert. Sie lehnte ab mit der Begründung, eingeladen werde nur Familie. Ich war erbost, sie lenkte ein. Ich hatte mich behauptet.

Mutter klagte, die wechseln doch so häufig die Partner, und denke mal, was später im Alter sein wird. Aids nun auch noch, mit der Treue halten die es alle nicht.

Ich hielt dagegen: Wir sind uns treu, schon seit einem Jahr, und das wird auch so bleiben – zwischen uns funktioniert es. Gibt's mal Reibereien, kämpfen wir sie aus, und dann ist es auch wieder gut.

Hätte meine Mutter uns nicht im Bett überrascht, hätte ich mir sicherlich mehr Zeit genommen mit meiner Offenbarung. Vielleicht hätte ich noch ein halbes Jahr über die Form gerätselt, also darüber, wie ich es meinen Eltern beibringe. Daß ich es tue, stand für mich fest.

Also, meine Schule hat überhaupt nichts zur Beschleunigung meines Coming out beigetragen, ganz im Gegenteil. Bis zur 13. Klasse wurde über Homosexualität nicht geredet, und dann nur im Zusammenhang mit Aids und Verhütung. Im Religionsunterricht wurde Homosexualität in Verbindung mit Abartigkeiten erwähnt. Bigamie, Exhibitionismus – alles wurde in einen Topf geworfen, dreimal umgerührt, und die Sache war erledigt. Im Bio-Buch in der achten oder neunten Klasse gab's ein winziges Kapitel zu Homosexualität. Mitbekommen hab ich das allerdings erst vor kurzem, als ich noch einmal in meinen alten Schulbüchern rumblätterte. Damals wurde es einfach übergangen.

In der Schule habe ich mich in zwei Etappen offenbart. Zuerst hab ich mit meinen Leuten geredet, mit denen ich tagtäglich zusammen war. Ich habe ständig von meinem Freund gesprochen, bis sie genauer nachgefragt haben. Das waren so fünf, sechs Leute. Den großen Rest habe ich beim Abi-Ball aufgeklärt. Drei oder vier haben mich ganz massiv abgelehnt und böseste Verschmähungen und Gerüchte in bezug auf meine schulischen Leistungen in einem Fach in die Welt gesetzt. Sie haben rundheraus behauptet, daß ich in diesem Fach die Note nur bekommen habe, weil ich mich mit dem Lehrer eingelassen hätte. Mit dem habe ich mich gut verstanden, mehr nicht. Eine bloße Unterstellung. Der Lehrer war glücklich verheiratet und hatte mehrere Kinder.

Als es raus war, habe ich mich gefragt, ob meine Offenheit nicht eine unnötige Dummheit war, jedenfalls in so einer Gegend wie der unsrigen. Heute denke ich, daß die wenigen, die mich ablehnten, in erster Linie von Neid und Konkurrenz getrieben wurden. Wenn ich ihnen heute begegne, steht etwas zwischen uns, das noch nicht vergessen ist.

Als danebengegangen sehe ich das in der Schule auch nicht. Wenn einem drei Leute was unterstellen, dann muß man das auch aushalten können. Viele haben gesagt, wir haben bisher nichts gemerkt, warum sollte uns das jetzt stören. Was die drei angeht, laß dich nicht ins Boxhorn jagen. Auch von der Lehrerseite kam kaum etwas. Einer sagte, ach ja, einen muß es wohl in jeder Klasse geben.

Auf die es mir ankommt, die konnten danach mehr mit mir anfangen.

Ich sehe eine große Gefahr. Ich erinnere mich an einen Lehrer, der für sein Alter noch recht gut aussah, der oft mit den Schülern was unternahm. Dem wurden Mädchengeschichten angehängt, nicht von den Lehrerkollegen, sondern von den eigenen Schülern. Das ging so weit, daß ein Mädchen behauptete, von ihm ein Kind zu kriegen. Erst der Vaterschaftstest hat die Wahrheit ans Licht gebracht. Offenbart sich ein Lehrer, dann könnte der mehr Schwierigkeiten mit den Schülern kriegen als mit seinen Kollegen. Sehen wir von den großen Städten mal ab. Ich weiß doch, wie das bei mir funktioniert hat. Es reicht, wenn behauptet wird, der Lehrer X hat mit der Schülerin Y etwas, und schon brennt die Luft. Hat Y was mit einem Jungen, ist alles noch spannender.

Ich halte es für viel günstiger, wenn sich die Schüler, die es betrifft, selbst vor den anderen dazu äußern. Hört mal Leute, mit mir sieht es soundso aus!

Ich habe mit meiner Offenheit in den meisten etwas verändert. Ich war der, den sie sozusagen vorher und nachher kannten, und ich war – beinahe – der gleiche geblieben. Für einige hatte sich wirklich gar nichts verändert.

Heute denke ich, über fünf Ecken kennt jeder einen Schwulen. Würden die sich offensiv darüber mit den Leuten auseinandersetzen, käme Bewegung in die Angelegenheit. Vielleicht ist das das falsche Wort, aber ich empfinde gewissermaßen Trauer, wenn ich an die Jugendlichen denke, die von ihren Familien oder auch von ihren Freunden nicht die

Kraft bekommen, die für das Durchziehen so eines Coming out heute noch nötig ist. Ich hatte die Kraft durch meinen Freund. Im Endeffekt ist die Heimlichtuerei noch anstrengender. Ich hab das ja zwei Monate mitgemacht, die waren schlimm für mich. Ich muß ihn und mich nicht mehr verstecken, das ist ein gutes Gefühl.

Allerdings, ein Coming out vor dem vierzehnten Lebensjahr halte ich nicht für gut, weil ich weiß, daß es eine Pubertätshomosexualität gibt, die sich aber nach einer gewissen Zeit legt. Du legst dich selber in ein Schubfach. Ich halte es für sehr gefährlich, wenn ein Vierzehnjähriger aus einem halben Jahr Erfahrung sagt: Okay, ich bin nun mal schwul, ich bleib's bis zum Ende meines Lebens.

Ein Sechzehnjähriger, der sich schon zwei, drei Jahre beobachtet hat und es inzwischen ziemlich genau weiß, der sollte dann auch dazu stehen. Dem wünsche ich Mut für sein Coming out.

Uwe, 28

Vater hat von meiner Homosexualität aus meinem Tagebuch erfahren. Da war ich etwa sechzehn Jahre. Ich hatte das Buch aber auch nicht versteckt, es lag offen rum.

Vater und ich sind an einem späten Nachmittag in der Woche in den Wald, um Holz zu holen. Plötzlich fing er mit dem Thema an. Mich packte das kalte Entsetzen. Das Gespräch war traumatisch, ich erinnere mich genau. Ich war ein einziges Panikbündel. Ich habe geleugnet und es erst einmal abgestritten. Das hatte er sicher erwartet, denn er ließ sich nicht vom Thema abbringen. Vorsichtig und schonend hat er mir erklärt, daß ich mich damit unglücklich mache, daß ich damit später mal keine Familie haben werde und, sollte es rauskommen, Spießruten laufen würde.

Er sprach beruhigend auf mich ein: Wir werden dir helfen, heute kann man schon was dagegen machen. Mein Sohn ist mein Sohn, aber das geht nicht. Und wenn es nicht zu ändern ist, dann ist es eben so. Erst mal wollen wir es wegmachen.

Danach hat er mir ein Gespräch mit dem Pfarrer vermittelt – einem evangelischen Pfarrer. Für das Gespräch war ich noch viel zu unreif.

Von da an habe ich den Kontakt mit meinem Vater total kontrolliert. Ich habe es vermieden, mit ihm allein zu sein. Ich fürchtete, er könnte die Fragerei fortsetzen.

Erst vor vier Jahren fühlte ich mich in der Lage, einigermaßen frei mit meinen Eltern darüber zu reden. Da war ich schon Pressesprecher der Aids-Hilfe, was meine Eltern übrigens wußten.

Ich erinnere mich, daß ich mich schon in den unteren Klassen in der Schule irgendwie nicht dazugehörig fühlte. Das Gefühl „nicht ganz standhalten können" hat mich beherrscht. Ich spürte, daß ich eine bestimmte Rollenerwartung nicht erfüllte. Ich fühlte mich viel stärker zu den Frauen in meiner Familie hingezogen, ich schloß mich aus von dem, was Jungen in dem Alter tun. Fußballspielen, den Mädchen hinterherrennen. Als Zehnjähriger fühlte ich mich bedroht, die Bedrohung selber konnte ich sicherlich damals nicht beschreiben. Gehaßt habe ich mich deswegen nicht.

Als es rauskam, habe ich gespürt, wenn man mir das nehmen würde, würde man mir was Wichtiges nehmen. Das wollte ich nicht. Weg von hier oder Baum, das hab ich als Alternative gedacht. Um zu überleben, mußte ich in eine größere Stadt, das war mir sehr schnell klar. Das hab ich ja dann auch gemacht. Für meinen heterosexuellen Bruder haben sich solche Entscheidungen nie gestellt. Daß ich auf gänzlich andere Weise mich mit meiner Sexualität rumplagen mußte als er und auch ein andres Rollenverständnis als Mann in dieser Gesellschaft entwickeln mußte, das war auch eine Chance.

Sandra, 25

Als ich sexuelle Beziehungen mit Männern einging, merkte ich, daß ich Männer nicht ernst nehmen konnte. Irgendwie wiederholte sich im Bett, was früher im Sandkasten losging. Sie blieben die alten Spielgefährten, es ging nichts Faszinierendes von ihnen aus.

Die Geburt meines Bruders hatte eine wichtige Veränderung in unserer Familie gebracht. Er kam zur Welt, ich kippte um und wurde ins Krankenhaus gebracht. Dort pflegte mich ein Liliputaner. Ich wurde sein Liebling. Als meine Mutter mich abholen kam, wies ich sie ab. Sie hatte nicht die Kraft, die Mauer einzureißen, die ich um mich errichtet hatte.

Ich vermute, diese Geschichte hat mich stärker geprägt als meine Weigerung, mit Puppen zu spielen. Ich kam einfach nicht mehr mit Nähe zurecht. Wer mich umarmen wollte, wurde abgewiesen. Ich habe sehr darunter gelitten. Es gab Menschen – ich denke an eine Lehrerin –, von denen ich mir Herzlichkeit wünschte, doch ich konnte nicht. Durchbrochen hat das eine Frau, da war ich schon achtzehn. Wir freuten uns gemeinsam über eine Sache, sie nahm mich in den Arm und hielt mich ganz lange fest – mehr nicht. In dem Moment wußte ich, die Befreiung hatte ich von meinen Eltern erwartet. Doch die waren dazu nicht in der Lage.

Ich habe mit meiner Mutter sehr viel diskutieren können, über alle möglichen Sachen, aber nie über Sexualität. Das gab es nicht. Auch nicht über die Beziehung zwischen Mann und Frau.

Ich bin mit sechzehn munter geworden. Meine Eltern haben mich gelassen. Ich war oft weg, auch über Nacht. Natürlich wußten sie, wo ich mich aufhalte. Mit achtzehn hatte ich meinen ersten Geschlechtsverkehr mit einem Mann.

Es ging alles über den Verstand. Mit achtzehn mußt du den ersten Geschlechtsverkehr haben, sonst bist du keine Frau. Das waren meine Überlegungen. Was passierte, fand ich so toll gar nicht. Aber ich war endlich wie alle.

Frauen – auch meine Mutter – kamen mir nicht in die Quere, ich hatte einen gut funktionierenden Verdrängungsmechanismus. Ich verhielt mich gegenüber Frauen ziemlich kühl und distanziert. Ich habe sie erst gar nicht an mich rankommen lassen.

Ich war auch in dieser Zeit immer noch sehr neugierig, habe über vieles nachgedacht und mich damit auseinandergesetzt. Mein erster Freund war Philosphiestudent, um einiges älter. Ich habe mich in der Friedensbewegung aufgehalten, geredet, nächtelang diskutiert, über alle möglichen Fragen, nur – lesbische Liebe war nie ein Thema. Ich wußte bis dahin nicht, daß es Homosexualität überhaupt gab. Eigentlich denkt man, so etwas kommt gar nicht mehr vor. Doch, das gibt es!

Meinen Freund habe ich sehr gemocht. Ein toller Partner, nur im Bett ging auch mit ihm nichts los. Ich habe gedacht, ich bin frigid. Sprachen andere Mädchen von Geschlechtsverkehr, konnte ich nie begreifen, was so toll daran sein sollte. Ich war hilflos, einen Orgasmus mit einem Mann kannte ich nicht.

Ich habe es mit vielen Männern getrieben. Es war nie mein Ding. Die Geschichten wurden immer verrückter, und eigentlich passierte nichts. Bis ich dann auf einen traf – noch zu Ostzeiten –, der mir einen Test in die Hand drückte und sagte, füll mal aus. So einen Zettel gab er auch anderen. Als ich in der Auswertung dran war, sagte er mir auf den Kopf zu: „Du bist lesbisch!"

Es klingt grotesk, aber ich habe das gar nicht registriert. Ich habe mich nicht einmal gefragt, was meint der Typ eigentlich. In der Nacht bin ich dann mit ihm ins Bett, obwohl ich ihn gar nicht besonders fand. Bis kurz vor dem Bett waren die Männer verschieden, im Bett wurden sie alle austauschbar.

Das Schlüsselerlebnis geschah, da war ich bereits einundzwanzig. Ich wohnte noch bei meinen Eltern. Ich kam von einer Party zurück, machte den Fernseher an und wurde wachgeküßt. In einem spanischen Film streichelten und küßten sich zwei Frauen. Ich saß vor dem Fernseher und hatte ein Wahnsinnsgefühl. Ein Gefühl, das immer stärker wurde, denn die beiden Frauen ginge zusammen ins Bett. Ich hielt es nicht mehr aus, ich mußte den Fernseher abschalten. Das Ende wollte ich gar nicht wissen, das konnte einfach nicht gut ausgehen. Mein Aha-Erlebnis.

Nach diesem Film funktionierte mein Verdrängungsmechanismus nicht mehr. Ich war in Aufruhr, mein ganzer Körper – das hört sich kitschig an – kribbelte und bebte. Etwas war durch diese zwei Frauen losgetreten, das durch nichts mehr aufzuhalten war. Ich konnte nicht mehr anders. Von da an bin ich mit anderen Augen losgezogen. Prompt lernte ich einen Schwulen kennen, mit dem ich über mich reden konnte.

Dann ging es Schlag auf Schlag. Ich ging mit einer Freundin zur Diskothek in die Buschallee, durch das Fernsehen hörte ich von der Selbsthilfegruppe „Courage". Ich bin ein politischer Mensch, so daß der Schritt in diese Gruppe mir überhaupt nicht schwerfiel.

Die erste Frau in meinem Leben war nicht gleich die große Liebe, aber eine wichtige Erfahrung. Ich hatte endlich meins gefunden. Eine andere Frau – eine Indianerin, die in London lebt –, hat mir unheimlich gutgetan. Sie nahm mich so, wie ich es mir vorgestellt hatte. Meine ganze Art, mich abzuschotten und stark zu tun, hat sie einfach hinweggefegt. Ich denke, viele Menschen warten auf so eine Persönlichkeit. Sie fragen nicht erst, sie nehmen dich, und auf einmal hast du eine Chance, dich zu verändern. Ich habe schon viel erreicht. Ich kann meine Freundin an die Hand nehmen, sie streicheln. Schlagartig erlebe ich mitunter so was wie einen Rückfall. Scheiße, denke ich, warum tust du das eigentlich? Ich komme in Konflikte, weil ich von meiner Freundin das gleiche erwarte und tief enttäuscht bin, wenn sie in diesem Moment nicht die gleichen Bedürfnisse hat. Ich möchte belohnt werden, denn ich bin über meinen Schatten gesprungen. Wenn man sein ganzes Leben lang seine ureigenen Gefühle vedrängen mußte, wird man nicht von einem Tag auf den anderen eine gute Liebhaberin. Mit dem Verstand war ich immer vorneweg, erklären konnte ich mir 'ne Menge, nur verändern, das ist eben noch eine andere Qualität. Je besser ich mit mir klarkomme, um so mehr wollen mich.

Ich hatte mir vorgenommen, mit meiner Mutter darüber zu reden. Zur Unterstützung nahm ich meinen schwulen Freund mit. In dem Moment, wo ich es ihr sagte, brach sie zusammen, innerlich. Sie verneint es heute, doch es war so. In diesem Moment war ich ihr sehr nahe. Meine Mutter will es nicht wahrhaben, weil sie sich für eine ausgesprochen aufgeschlossene Person hält.

Mutter hat die Zähne zusammengebissen, sie ist nicht der Typ, der klagt. Sie hat auch Mut bewiesen. Anfang Vierzig hat sie sich von Vater getrennt und noch einmal ganz von vorn begonnen. Sie lernte junge Männer kennen – auch schwarze –, ist mit denen ausgegangen und fing irgendwann an, mit mir darüber zu reden. Heute lebt sie mit einem Mann in einer Beziehung, die auf ihre Weise auch sehr ungewöhnlich ist. Nach außen ist sie die Bürgerliche geblieben. Es ist diese totale Offenheit, die uns verbindet, und so eine Freude darüber, daß wir beide Kämpfernaturen sind. Wir ähneln uns sehr. Je älter wir werden, um so mehr besinnen wir uns aufeinander. Ich erfuhr erst später von meinem schwulen Freund, daß sie sich in seiner Begleitung die Szene-Kneipen angesehen hat, von denen ich ihr erzählt hatte.

Meinem Vater habe ich es danach erzählt. Ich glaube, er war verletzt, weil ich erst so spät zu ihm kam. Er wußte es schon von meinem Bruder. Für ihn war es dann aber okay.

Marina, 33

Mit sechzehn bin ich von zu Hause weg in ein Internat. Das erste, was mir auffiel, war eine leuchtend blaue Samtjacke, wie ich sie auch trug. Das war damals unheimlich in. Zu der Jacke gehörte Conny, ein kleines, zierliches Mädchen, unheimlich niedlich. Über unsere Jacken sind wir ins Gespräch gekommen. Ich habe sofort alles in die Hand genommen. Zwanzig Minuten später konnten wir in unser Zimmer. Ein 5-Bett-Zimmer; zwei Ehebetten und ein einzelnes. Wir haben nicht weiter geredet, sondern ein Ehebett für uns genommen. Als unsere Eltern abgefahren waren, gingen wir erst einmal eine rauchen. Damit war unser Pakt besiegelt.

Wir wurden Freundinnen, die tagsüber viele Dinge gemeinsam taten und sich abends im Bett den Rücken kraulten – mehr nicht. Ich konnte nicht ohne Gutenachtküßchen einschlafen, sie auch nicht.

Der Freund war ein wichtiges Thema unter den Mädchen. Selbstverständlich mußte ich auch einen haben. Ich fand ihn toll, wir sahen uns selten, und nachdem wir uns über ein dreiviertel Jahr kannten, haben wir zusammen geschlafen. Danach machte er sich aus dem Staub. Ich war sehr darüber betroffen, fallengelassen zu werden. Ich suchte mir den nächsten und habe meine Bedingungen gestellt. Eine war, unter einem halben Jahr läuft bei mir nichts. Waren die sechs Monate rum, habe ich mich verabschiedet. Es tat mir manchmal leid, denn es waren liebe Jungs dabei, die mich auf Händen tragen wollten. Eben das wollte ich unter anderem ja auch nicht. Ich wirkte nicht maskulin, eher sportlich.

Am Morgen nach einer Fete im Studentenheim hörte ich, daß ich im Suff ein Mädchen abgeküßt haben sollte. Ich tat das als schlechten Scherz ab, als Alberei. Doch als mehrere heftig bestätigten, wir hätten sogar mit Zungenschlag geküßt, schauten wir uns beide ungläubig an und schoben alles auf den Suff. Äußerlich tat ich lässig, innerlich war ich total irritiert.

Nach dem Studium – ich sah aus wie sechzehn, war mittlerweile aber neunzehn – ging ich wie alle dahin, wo uns die Gesellschaft angeblich brauchte. Ich kam nach W. in einen Jugendwerkhof, in eine Mädchengruppe. Die Mädchen waren zwischen vierzehn und achtzehn. Das erste halbe Jahr war ich damit beschäftigt, allen klarzumachen, daß ich die neue Erzieherin bin. Ich hatte es schwer, mich durchzusetzen. Dann hatte ich das Vertrauen der Mädchen gewonnen. Ich konnte mich auf sie verlassen.

In einer anderen Gruppe war ein Mädchen, das mir gleich aufgefallen war, das ich aber schlecht einordnen konnte. Sie hatte das Sagen dort, und auffällig war, daß sie mich total ablehnte. Tauchte ich auf, verpaßte sie mir irgendwelche Spitzen oder lachte gehässig hinter meinem Rücken. Sie zeigte ihre Ablehnung demonstrativ. Bis wir irgendwann in der „Arbeitsgruppe Diskothek" miteinander ins Gespräch kamen. Von nun an war sie unentwegt um mich, ihre Erzieher ignorierte sie. Sie erzählte mir alles, auch von ihrer

Freundin. Ich beobachtete die beiden und sah die beiden sich drücken und küssen. Während eines Nachtdienstes erwischte ich beide in einem Bett. Da machte es das erste Mal so richtig klick. Es gab also erotische, intime Beziehungen zwischen Frauen. Meine Gefühle schossen an die Oberfläche, es schmerzte, die beiden Frauen im Bett zu sehen. Eigentlich wußte ich das schon lange, dachte ich. Meine Schmerzen gaben mir die Gewißheit, daß meine Gefühle existierten. Ich war bestätigt.

Ich stand in der Tür und habe sie nicht auseinandergejagt. Sie trennten sich alleine. Sie rechneten mir hoch an, daß ich den Zwischenfall nicht meldete. Danach wollte mich das Mädchen unbedingt als Erzieherin für ihre Gruppe.

Sie wurde bald entlassen. In ihren Papieren stand, daß sie den Werkhof nicht mehr besuchen dürfe. Sie besuchte mich ab und zu in W., ohne daß sich zwischen uns eine sexuelle Beziehung entwickelte. Wie das so ist, ihre Besuche wurden bekannt, und ich wurde mit einer fadenscheinigen Begründung in eine Jungengruppe versetzt. Erst Monate danach sprach mich ein Kollege wegen meiner Versetzung an. Von ihm erfuhr ich den Grund: Ich sei eine Lesbe. Ich fiel aus allen Wolken und stritt es ab. Allen Kollegen war Homosexualität als Versetzungsgrund genannt worden, ich erfuhr den wirklichen Grund Monate danach.

Ich wurde als Lesbe strafversetzt, obwohl ich noch nicht ein einziges Mal mit einer Frau Sex hatte.

Nun soff ich wirklich und nahm regelmäßig Tabletten. Sie besuchte mich wieder, ich wehrte mich und wußte nicht weiter. Sie kam zu mir ins Bett, ich rannte weg auf die Toilette. Langsam bin ich wieder zurück ins Zimmer, bis auf den Bettvorleger. Sie hat mir von ihren Beziehungen zu Frauen erzählt und daß sie lesbisch ist. Zentimeter für Zentimeter bin ich dann zu ihr ins Bett gekrochen, da ist es passiert. Ich schlief mit ihr, als wär's das Normalste von der Welt – keine Skrupel. Sie wollte nicht glauben, daß es für mich das erste Mal mit einer Frau war. Als es draußen langsam hell wurde, kam die alte Unsicherheit wieder hoch, die Gedanken wirbelten durch meinen Kopf. Als Erzieherin darf ich so eine Beziehung ganz bestimmt nicht haben, andererseits war ich zufrieden wie noch nie. Mit jedem Tag wurde mir klarer, was ich mache, ist okay.

Vor einer weiteren Strafe fürchtete ich mich. Von nun an fuhr ich zu ihr. Jetzt sagte sie mir auch die ganze Wahrheit über sich. Den Werkhof durfte sie nicht mehr betreten, weil sie als Lesbe und Aufrührerin den Gruppenfrieden hätte gefährden können.

Unsere Beziehung dauerte anderthalb Jahre, dann mußte das Mädel in den Knast, weil sie nicht mehr arbeitete, sondern klaute. Ich habe auf sie gewartet, sie aber nicht besucht, da ich fürchtete, daß mein Heimleiter davon erfahren könnte. Ich hatte Angst.

Wir waren dann noch einmal zwei Jahre zusammen, zwei schlimme Jahre. Eines Tages habe ich mich gewehrt, und dann war es auch vorbei.

Meine Eltern kannten sie. Ich hatte sie zu Hause vorgestellt. Sie nahmen sie sofort an. Nachdem sie aus dem Knast raus war, weigerten sich meine Eltern, sie wieder aufzunehmen. Daraufhin habe ich meiner Mutter die Pistole auf die Brust gesetzt. Entweder wir beide, oder ich komme auch nicht mehr. Ich lebe mit dieser Frau, ich habe eine Beziehung mit ihr. Meine Mutter weinte ganz furchtbar und jammerte: „Ach, was habe ich denn nur falsch gemacht? Ich habe es ja schon lange geahnt. Was haben wir denn nur falsch gemacht? Es liegt an der Erziehung.“ Damit war das Thema erst einmal erledigt.

Tage später wurde es noch einmal aufgegriffen. „Vielleicht ist es ja nur eine vorübergehende Sache, geh doch mal zum Psychologen. Das kann man doch bestimmt heilen. Vielleicht ist es auch nur, weil es was Neues ist, und probier's doch noch einmal richtig.“ Heute hat sie sich damit abgefunden, denke ich. In einer winzigen Ecke in ihrem Hinterkopf ist noch immer ein bißchen Hoffnung: Eines Tages wird das Mädel vielleicht doch noch vernünftig werden.

Ich habe den Wunsch meiner Mutter respektiert und nicht mit meinem Vater darüber gesprochen. Sie meint heute noch, daß ihn das umbringen würde. Ich bin der Meinung, er weiß es längst und ignoriert es wie so viele andere Dinge auch.

Renee, 21

Mein Aha-Erlebnis hatte ich nach der Abiturprüfung. Ich schaute mir mit einer Freundin aus der Klasse einen Film an, in dem so ziemlich alle Arten von Liebe vorkamen. Danach haben wir über unsere Anteile gesprochen, die wir in uns vermuteten. Ich hielt mich zu dieser Zeit für bisexuell. Danach bin ich bewußt rangegangen und habe diese Anteile ausgetestet und in Erfahrungen umgesetzt.

Aus der „Bravo“ hatte ich längst Informationen darüber. Alles nur entwicklungsbedingt, dachte ich mir und habe es locker weggesteckt. Gehört zur Pubertät dazu, die Botschaft war mir angenehm, und außerdem nahm ich an, der schwule Anteil sei bei mir recht gering. Eigentlich hätte ich darauf stoßen müssen, daß ich mit achtzehn längst raus war aus der Pubertät.

Ich war schon anders als die anderen in der Klasse. Zurückhaltender, nicht so an Sport interessiert, aber ich wurde in der Klasse akzeptiert, wie ich war.

In der ersten Zeit, als ich noch gar nicht wußte, was das ist, habe ich auch meine Witzchen über Homos gerissen. Später habe ich mich mit dem Thema beschäftigt. Von da an war ich still. Offen aufgetreten wäre ich nie, denn in der Klasse ging es schon gegen alles, was schwul war.

Weit und breit war niemand, den ich hätte fragen können. Ich hatte Schwierigkeiten, in mein Coming out reinzukommen, weil ich nicht wußte, wohin ich mich wenden sollte. Coming-out-Gruppen kannte ich nicht.

Mittlerweile gibt es ja einige couragierte Schulleiter, die auch solche Aushänge von Schwulengruppen an Schwarzen Brettern nicht mehr verbieten. Angenommen, bei uns in der Schule wäre so eine Mitteilung am Schwarzen Brett gewesen, hätte ich mein Coming out drei Jahre früher gehabt. Ich bin mir sicher, weil ich so eine Info in dem Jahr, als ich in den USA zur Schule ging, an einem Brett gelesen hatte und drauf und dran war anzurufen. Wegen der Sprache hab ich's dann doch wieder gelassen.

Meine Eltern haben es ungefähr ein halbes Jahr später erfahren. Ich hatte meinen Vater schon längst fuchsig gemacht mit meinem Gerede, daß ich nie eine Familie haben möchte. Er fand das ziemlich asozial. Gespräche über intime Dinge gab es nie. Unser Verhältnis war immer distanziert, aber wir mochten uns. Das Gespräch war richtig formal angesetzt, mit mal Hinsetzen und in Ruhe miteinander reden. Vater konnte gar nicht an die Decke springen, schon wegen seiner Prinzipien nicht. Innerlich war ich auf die große Konfrontation eingestellt, aber es verlief ruhig. Bis heute wird darüber vornehm geschwiegen. Die beste Freundin meiner Mutter hat auch einen schwulen Sohn und hat das meiner Mutter sofort anvertraut. Daß ich auch schwul bin, hat meine Mutter der allerdings verschwiegen. Zu verstehen gibt's da für mich gar nichts.

Ich bin kurz danach ausgezogen, weil ich mit einer schwulen Jugendgruppe in ein Haus ziehen konnte. Das paßte ihnen auch nicht.

Ja, ja, natürlich, ich habe mich für abartig und minderwertig gehalten, seitdem ich mit diesen ganzen Phantasien onaniert habe. Ich habe immer versucht, mir am Anfang Frauen vorzustellen, die sich am Ende des Geschehens immer in Männer verwandelten. Ich habe mir eingeredet, Phantasien über Frauen sind besser als die über Männer. Nur, durchgehalten habe ich es nicht. Das habe ich für ziemlich pervers gehalten.

Bei Freunden habe ich immer „Bravo"gelesen, die Seiten Liebe, Lust und so. Ich kann nur sagen, was ich für mich rausgelesen habe: Dein Freund hat dich verführt, er ist ein gemeiner Junge, aber du bist ein lieber Junge. Überhaupt, für dich ist das eine Phase, die bald vorüber sein wird. Dann stehst du auch auf all diesen schönen Mädchen, die in unserer Zeitschrift abgebildet sind. Das ist hängegeblieben.

Daß es normal ist, schwul zu sein und auch zu leben, habe ich aus „Bravo“ nicht entnehmen können.

Bernd, 32
So zwischen dem zehnten und zwölften Lebensjahr bin ich erwacht. Mich faszinierten Body-Builder. Mutter erwischte mich, wie ich sie heimlich zeichnete So sieht doch kein Mann aus, ärgerte sie sich. Was soll das, Junge?

Sexuell angemacht haben sie mich nicht, ich wollte eher sein wie sie. Eigentlich hätte ich stutzig werden müssen, denn getan habe ich dafür keinen Handschlag. Schöne, schlanke Frauen haben mich auch fasziniert, aber anders. Ich hab erst sehr spät mit Onanieren begonnen. Körperlich kam der Durchbruch erst mit achtzehn.

Mein Coming out hat acht Jahre gedauert. Ich hatte Verhältnisse mit Frauen ohne Sex und spontanen Sex mit Männern auf Bahnhofstoiletten und in Parks, ohne mit denen auch nur die geringste Beziehung einzugehen.

Montags nach der Parteiversammlung bin ich zum Orgelkonzert in die Kreuz-Kirche gefahren und danach auf den Hauptbahnhof. Ich lebte schon in Berlin, da bin ich an den Wochenenden immer noch nach Dresden gefahren, weil ich da wußte, wo ich hingehen konnte.

Ich habe mich acht Jahre mit Frauen rumgequält, wobei ich sie nach meinem damaligen Verständnis wahnsinnig liebte. Die Gefühle waren echt, ich war liebevoll zu ihnen, und wenn es später doch zu Sex kam, vollzog sich das mechanisch. Die Trennungen verliefen für mich nie so dramatisch, weil ich sexuell nie gebunden war. Die Beziehungen dauerten zwischen einem halben und einem reichlichen Jahr.

Ich war bei der Stasi und wurde im Handumdrehen suspendiert und entlassen, als es rauskam. Von dem Tag an ging's mir richtig gut.

Gleich danach bat ich meine Eltern ganz dringend nach Berlin. Sie kamen sofort, da sie wußten, ich war Offizier und daß es wegen Westkontakten schon einmal eine heikle Geschichte gegeben hatte. Ich werde aus der Stasi entlassen. Aus persönlichen Gründe, so stand es in den Unterlagen. Ich werde in Ehren entlassen, ich behalte meine Parteizugehörigkeit, meinen Dienstgrad, aber der tatsächliche Grund ist ein anderer: Ich bin schwul.

Beide wurden leichenblaß. Mutter sagte, das habe ich gewußt, Vater sagte gar nichts. Wenn's um Schwules geht, delegieren anscheinend alle Väter die Angelegenheit zu den Müttern. Vater konnte nach sechs Wochen wieder mit mir sprechen, Mutters Gedanken waren Aids und Rauschgift. Inzwischen ist Vater gestorben und Frank ist „ihr Bester", denn – so sagt sie – im Guten und Schlechten erinnert er sie an Vater. Scherzen kann sie auch schon darüber: Ich hätte ihren Geschmack in puncto Männer geerbt. Na also.

Ulrike, 27

Enttäuscht fragte mich meine Mutter, warum ich ihr verheimliche, daß ich lesbisch sei. Es kränke sie sehr, daß ich ihr nicht vertraue. Ich habe daraufhin fürchterlich geheult und beteuert, daß ich keine Lesbe bin. Hör mal, sagte sie, deine Freundin wohnt schon seit anderthalb Jahren mit in der Wohnung. Ich bin mir sicher, ihr quasselt nicht nur miteinander.

Mein Vater rannte sofort in die Bibliothek, holte sich einen Stapel Bücher über Homosexualität und teilte mir nach dem Lesen erleichtert mit: Jetzt kann ich dich besser verstehen, alles bleibt beim alten. Damit war die Sache im Kessel. Ich war neunzehn Jahre.

Mit meinen Eltern fiel es mir schwer. Ich wollte für sie die tolle Ulrike bleiben, ich wollte nicht einbüßen in ihren Augen. Als die Hürde genommen war, hatte ich vor den anderen keine Angst mehr.

Hinter mir hatte ich bereits eine anderthalbjährige Beziehung mit einem Mann. Ich wollte ihn heiraten. Heute weiß ich, von dem, was ich mit meiner Freundin erlebe, fehlte in dieser Beziehung viel. Er war nicht der Macker, er war sehr verständnisvoll und hat mich aktiv sein lassen. Heute könnte ich mit einem Mann keinen Sex mehr haben.

Sex mit Frauen hatte ich in meinen Phantasien nie zugelassen. Ich hatte immer enge Freundinnen. Ihn habe ich damals wegen einer Tasse Kaffee mit einer Freundin stundenlang warten lassen.

Ich hatte ein ziemlich festes Bild von meiner Zukunft im

Kopf. Ich finde einen Mann, den werde ich heiraten, und wir werden viele Kinder haben. Außerdem werde ich erfolgreich sein. Vorbild für mich war meine Mutter. Ob ich auf diese Weise glücklich werden würde, darüber habe ich nicht nachgedacht.

Zu DDR-Zeiten war ich Lehrerin und Pionierleiterin. Da meine Eltern so toll reagiert hatten, bin ich mit wehenden Fahnen in meine Schule und habe alle eingeweiht: Hört bitte zu, ich bin lesbisch!

Meine Direktorin war total schockiert, ihr fiel das Gesicht ins Essen. Die Kollegen waren in ihrem Urteil gespalten. Es gab offene Anfeindungen und versteckte, aber auch Unterstützung. Ich habe nie ganz allein gestanden. Von den Freunden ließen mich zwei im Stich, die anderen sagten okay, wir werden damit zurechtkommen.

Von Strichern und Erbsensuppen-Freiern

Coming out am Hauptbahnhof

Viele Wege führen nach Rom.
Sprichwort

STIMMEN

Chris, 15

Alkohol trinke ich ungefähr seit drei Jahren. Ich vertrage jede Menge. Eine Flasche Whisky am Abend, dann werde ich lebhafter. Wir spielen am Automaten oder dreschen Karten. Unsere Kneipe ist nicht ganz so schlimm. Sagen wir mal, in der hast du sechzig Jahre Knast, in den anderen hundert. Ich meine die Typen, die die Freier nur kurz abzocken, wiederkommen und gleich weiterspielen.

Hingekommen bin ich durch einen Kumpel aus dem Heim. Der hat mich gleich vorgestellt. Zum Anfang hat's ja noch Spaß gemacht. Ich hab immer aufgepaßt beim Verkehr, immer Kondom und nie schlucken. Angst, daß mir was passiert, kenne ich nicht. Ich hab die Prospekte von der Aids-Hilfe gelesen, da ist nicht viel zu begreifen. Ich geh auch manchmal zu dem Frühstück, das die Aids-Hilfe veranstaltet. Wie es den anderen auf dem Strich geht? – keine Ahnung. Ich hab genug mit mir zu tun.

Früher hatte ich wirklich einen Scheißcharakter. Ich war hinterhältig und hab die Leute in der Szene aufs Kreuz gelegt. Meistens jedenfalls. Kann sein, daß ich mich gerächt habe. Ich war jetzt eine Weile nicht mehr in der Szene. Vor ein Paar Monaten hab ich gesagt, Schluß mit Strich. Es war mir einfach zu blöde, jeden Tag am Bahnhof stehen und darauf warten, mitgenommen zu werden. Die jungschen Freier haben mir sehr gut gefallen. Da hatte ich schon Spaß. Die alten Freier hab ich mehr erduldet. Ab und zu drehe ich jetzt mal 'ne Runde am Bahnhof, da treffe ich manchmal jemand zum Quatschen. Chancen hab ich noch genug, aber ich will nicht mehr. Wenn ich mir was vorgenommen habe, dann mache ich das auch. Das war bis jetzt immer so.

Zu Hause lebe ich schon seit Jahren nicht mehr. Ich hatte ja erfahren, daß meine Eltern eigentlich nur meine Adoptiveltern waren. Ich bin daraufhin nur kurz zu meiner richtigen Mutter, doch das hat nicht geklappt. Rein ins Heim bin ich, weil es immer nur Zoff gab. Zuletzt war ich in Weißensee im Heim. Mein Bruder und ich haben schon gemerkt, daß das mit uns immer hin und her ging.

Meine Eltern wollen die Adoption rückgängig machen. Ich habe vor drei Wochen angerufen, da war meine Schwester dran. Richte aus, habe ich gesagt, wenn das wirklich so ist, dann passiert was. Ich finde, das ist ungerecht. Im Sommer war ich mal kurz mit einem Kumpel da, da hat Vater gar keine Notiz von mir genommen. Als ich ging, sagte er, du gehörst nicht mehr zu uns.

Ich hab mit jemandem gesprochen, der hat gesagt, er hat Platz in einer WG für mich in Aussicht. Mal sehen. Ich will wieder in die Schule, Lehre machen und so. Ich werde selber versuchen, erwachsen zu werden. Ich denke jetzt, eine Hälfte von mir ist schon erwachsen, die andere ist noch Kind.

Ich bin nicht hundertprozentig schwul. Die meisten auf dem Strich stehen nicht dazu. Die sagen, daß sie hetero sind. Ich sag es da eigentlich auch keinem. Rumtunten hasse ich auch. Ab und zu tunte ich mal, aber nur zum Spaß. Mir gefällt Schwarzenegger, ich hab auch eine Freundin, doch sexuell läuft da so gut wie gar nichts. Die ahnt gar nichts von mir. Den Mut habe ich nicht, öffentlich dazu zu stehen. Bis vor einem Monat hatte ich einen Freund, der war zwei Jahre jünger und ging auch auf den Strich. Der hatte mächtige Drogenprobleme. Mal einen Joint rauchen, gut, aber nicht so wie der.

Knaben hatte ich schon im Kindergarten im Auge. In der Schule hätte ich ganz gern mit einigen, aber ich habe es lieber zu Hause mit meiner Micky-Maus gemacht. Das war sicherer. Die Maus war auch meine Box-Puppe. Mit der konnte ich machen, was ich wollte. Wir haben uns ja alle in der Schule mit Schwuli oder so belegt. Bloß ich bin dabei rot angelaufen.

Auf jeden Fall möchte ich später nach Holland ziehen. Arbeiten würde ich schon ganz gerne in der Gastronomie. Erst die Schule, klar.

Thomas Schwarz, 24, Streetworker

Die Strichszene erweckt ja nach außen den Anschein, die meisten Stricher seien heterosexuell und machen es nur fürs Geld. Meine Erfahrung ist, der überwiegende Teil der Jungs, die anschaffen gehen, machen es aus Coming-out-Gründen. Anschaffen ist eine Möglichkeit, Homosexualität auszuprobieren, ohne gleich als Homosexueller abgestempelt zu werden. Vor seinen Freunden und Kumpels ist der Stricher legitimiert, wenn er wieder und wieder betont, daß er beim Geldverdienen selber keine Lust hat.

Der Einstieg zu homosexuellen Praktiken über die Stricherszene ist für Jüngere oftmals einfacher als der Einstieg in die etablierte Schwulenszene, die ziemlich hochschwellig ist. Ein Fünfzehnjähriger ist mit den in einer Schwulen-Bar herrschenden Regeln überfordert.

Viele Stricher geraten bald in eine paradoxe Situation. Zunächst glauben sie, was sie von sich behaupten: Ich bin hetero. Doch plötzlich bricht das Coming out aus, und sie fragen sich verzweifelt, bin ich etwa schwul geworden, weil ich auf den Strich gehe? Wir helfen ihnen zu begreifen, daß es nicht so ist. Denn: Sie waren schon schwul, bevor sie auf den Strich gegangen sind. Viele wußten es aber wirklich nicht.

Die nicht wahrgenommene oder akzeptierte Homosexualität ist oft ein Grund, vom Elternhaus wegzulaufen. Mit den Eltern kommen sie nicht klar, weil sie halt schwul sind. Wieder andere – die schon mehr Klarheit über sich haben – sind nicht länger zu einem Doppelleben bereit und verlassen aus diesem Grund das Elternhaus. Die, die schon in der Lage waren, über ihr Schwulsein mit den Eltern offen zu reden, werden oft bitter enttäuscht und gehen ebenfalls. Die immer gleichen Vorwürfe erleben sie als Dauerstreß, dem sie sich mit der Flucht erst einmal entziehen.

Mit einem Schlag türmen sich nun die Probleme: keine Wohnung, kein Job, kein Geld, nichts zu essen. Manchen fällt nun ein, was sie irgendwo einmal aufgeschnappt haben: der Männerstrich auf dem Hauptbahnhof. Andere erfahren es von Typen, die sie beim Herumlungern kennenlernen, oder sie werden von erfahrenen Strichern verkuppelt.

Sich den Eltern offenbaren ist unheimlich schwer. Ich wußte damals auch nicht so genau, was mit mir los war. Also machte ich meine Erfahrungen, daß Sich-Austesten auf dem Strich relativ einfach möglich ist. Sicher kann es auch schief gehen. Die Polizei greift dich, schleppt dich am Kragen nach Hause, und wenn du Pech hast, jagen die entsetzten Eltern dich postwendend mit der Schrotflinte wieder raus. Du landest da, wo du gerade hergekommen bist. Auf dem Strich. Wir hören von solchen Abläufen ständig.

Das gängige Klischee hält Stricher für Opfer: Die Jungen gehen aus sozialen Gründen auf den Strich, weil sie keine andere Möglichkeiten für sich sehen. Ich bin anderer Meinung. Zu Beginn des Anschaffens steht eine freie Entscheidung. Die Jungs haben sich ausprobiert und können auch gleich wieder sagen: Nein, ich mache das nicht.

Die Schwierigkeit besteht darin, daß sie zu dem Zeitpunkt nicht überblicken können, wohin das Ganze führt. Sie bleiben hängen, weil die Versuchungen groß sind. Geld fließt reichlich, den Tag über macht man das, wozu man gerade Lust hat, niemand schreibt einem mehr vor, geh endlich schlafen, die Schule wird auch ausgelassen.

Daß das gefährlich ist, ahnen viele. Deshalb reden sie auch unablässig davon, daß sie bald was anderes machen werden. Die Verlierer haben sie ja ständig vor Augen, die verbrauchten und von Drogen und Alkohol ausgehöhlten Konkurrenten, die oft keine mehr sind und trotzdem mit auf Kundschaft warten. Das sind die, die den alles entscheidenden Punkt – bis zu dem ein Ausstieg aus eigener Kraft noch möglich ist – längst verpaßt haben.

Aus verschiedenen Gründen: Die eigene Faulheit, auch

der Kontakt zur Außenwelt wurde immer weniger, auch wußten einige gar nicht mehr so recht, was sie da „draußen" noch hätten machen können.

Aus der Sicht von außen gibt es sicherlich bessere Entscheidungsmöglichkeiten als Anschaffen. Gemessen an der Situation, in der ein Junge sich vor dem Anschaffen befand, bringt diese Entscheidung zunächst einmal eine große Erleichterung für ihn. Etwas deutlicher: Stehen die Eltern als Bezugsperson nicht mehr zur Verfügung, sucht man sich eben andere.

Darüber, wie Strich abläuft, gibt's beinahe auch nur Klischees. Denn es gibt eine Menge Freier, die an engeren Beziehungen zu den Jungen stark interessiert sind. Die viel Zeit für sie aufbringen, sich mit ihnen auseinandersetzen und offene Ohren für ihre Probleme haben. Diese Freier decken Bedürfnisse bei den Jungen ab, die von den Eltern und von den Lehrern aus moralischen Gründen ignoriert werden.

Auf dem Strich wird Klartext gesprochen. Was Sache ist, wird auch gesagt. Wer sich darauf einläßt, der weiß, was abgeht, und die Leute wissen, wie sie miteinander umzugehen haben. Ich vermute, das ist auch der Grund, weshalb es auf dem Strich menschlicher zugeht als in den meisten Schwulenkneipen im Westen. Im Osten habe ich das anders erlebt.

Strich ist eine Möglichkeit, sein Coming out zu erleben, zwar mit Gefahren verbunden, aber nicht der schlechteste Einstieg in ein Leben als Schwuler. Wirklich gefährlich wird es, wenn du außer ein bißchen Schönheitspflege nichts mehr für deine Persönlichkeit tust. Wie das auch bei weiblichen Prostituierten oft der Fall ist.

Mein Kollege und ich gehen als Streetworker dahin, wo die Jungs sich aufhalten. Auf die Bahnhöfe, in die Parks und in die Stricherkneipen. Wir wollen ihr Vertrauen gewinnen und im Endeffekt ihnen beim Lösen ihrer Probleme beistehen. Hätten wir das Ziel, sie aus der Szene rauszuholen, würden wir total scheitern. Die Jungen haben so viel negative Erfahrungen mit Ämtern und amtsverwandten Berufsgruppen, auch Sozialarbeitern, daß sie bei dem Muster – du mußt das und das tun, damit du kein Stricher mehr bist – einfach zumachen. Alles, was nach Erziehung riecht, meiden sie wie die Pest. Sie antworten dir kurz und knapp: Was mischst du dich überhaupt hier ein?

Wir versuchen, Vertrauen aufzubauen, und entwickeln dann mit dem Jungen ganz hehutsam für ihn eine Perspektive. Dabei soll für ihn so eine Art Fenster zur Außenwelt entstehen. Freizeitangebote, wie einfach mal wieder raus aus Berlin, sollen den Blickwinkel weiten, der durch den Aufenthalt in der Szene sehr eingeengt ist.

Neulich waren wir für ein paar Tage mit einer kleinen Gruppe in einem Haus in Norddeutschland. Wir haben uns selbst versorgt, mit allem, was dazu gehört. Es klingt lapidar, aber ein gemeinsamer Besuch in einem Schwimmbad oder im Kino ist für die Jungs eine neue Erfahrung. Während der Reise waren sie ständig in guter Stimmung.

Kommt von dem Jungen eine Entscheidung, ich will was anderes machen, dann informieren wir ihn über Möglichkeiten. Eine Art Lebensberatung oder Lebensbegleitung. Wir werden ihm niemals unseren Willen aufzwingen. Eigentlich sorgen wir dafür, daß es ihm beim Aufenthalt in dieser Szene möglichst gutgeht.

Für Stricher ist Aids oft eines der kleinsten Problemen. Den meisten sind die Verhaltensregeln sogar bekannt. Daß von der Infektion bis zum Ausbruch der Krankheit Jahre vergehen, wissen sie. Da aber die Gedanken an die Zukunft oft nicht über den Tag hinausreichen, scheren sie sich um eine so weit entfernte Angelegenheit wie Aids einen Dreck. Die Frage, wo werde ich heute übernachten, steht viel, viel näher. Was der nächste Tag bringt, das ist vollkommen ausgeblendet. Was wir Zukunft nennen, existiert für die meisten nicht mehr. So ein Stück Zukunft vermitteln, das ist unsere Aufgabe. Ein Stricher hat nur dann einen Grund, sich vor Aids zu schützen, wenn er langsam wieder Aussichten auf später spürt.

Klar, es gibt Freier, die Sex nur ohne Kondom kaufen, weil sie darauf unheimlich abfahren. Ein Junge, der drei Nächte nicht gepennt hat, ist für diese Freier eine leichte

Beute, denn er will endlich wieder einmal ordentlich schlafen. In dem Moment ist es ihm ziemlich egal, wie und was mit ihm erledigt wird. Danach will er einfach nur pennen. Über Geld kriegt ein Freier, was er will.

Angebot und Nachfrage regeln die Beziehungen zwischen Stricher und Freier. Die sogenannten „Erbsensuppen-Freier", die kurz vor Toresschluß auftauchen und die Jungs aufsammeln, die noch nicht untergekommen sind, kommen für ein Bett und eine Erbsensuppe dazu. Ein Freier, der sich in der Szene auskennt, handelt den Preis runter, sobald er ausmacht, der Stricher ist schlecht drauf. Selbstverständlich erlebt der Stricher das als Wertverlust. Das passierte ihnen nicht, als sie neu auf dem Strich und gefragt waren. Da haben sie ihre Macht über die Freier ausgekostet und dirigiert: Komm, wir gehen ins KaDeWe einkaufen. Mit dem Marktwert nimmt ihr Selbstwertgefühl ab. Im Endeffekt nutzt der Freier seine Machtposition aus. Er verfügt über Geld, Reife und Durchsicht, die Jungen haben ihren Körper.

Ich habe immer wieder das Bedürfnis, die Stricher zu schützen, damit sie von ihren Freiern nicht aufgefressen werden. Stark und souverän hab ich sie am liebsten.

Ich wünschte mir, daß der Gesetzgeber in bezug auf Schule auch was verändert. Daß Jugendliche auch die Möglichkeit haben, eine Schule zu besuchen, ohne den offiziellen Wohnsitz in dieser Stadt zu haben und ohne ausdrückliche Zustimmung der Eltern.

Ich denke, viele Stricher würden in der Szene anschaffen und trotzdem regelmäßig zur Schule gehen wollen. Ein Stricher aus Hamburg darf in Berlin nicht zur Schule gehen. Alle, die ich betreue, in einer Schulklasse zusammen, das stelle ich mir phantastisch vor.

Reiß dich zusammen, du mußt nur richtig wollen!

Wir tun alles, damit unser Kind normal wird

Die Wahrheit ist ein selten Kraut,
noch seltener, wer es gut verdaut.
Sprichwort

STIMMEN

Frau F.

Als junges Mädchen hab ich immer gedacht, wenn man Zärtlichkeiten will, hat man dafür zu zahlen. Ich wollte nicht mit zwanzig heiraten, und vor allem wollte ich noch kein Kind. Von meinen Freunden wurde ich für meine lauten Sprüche gehänselt. Vier Wochen vor meiner ersten Schwangerschaft habe ich aus Jux noch einen Zettel unterschrieben – ich heirate nie!

Eigentlich war Frank ein „Bock-Kind". Das Medizinstudium war nur ein Notnagel, ergo konnte ich auch gleich heiraten und Kinder kriegen. Ich war zwanzig, als er geboren wurde.

Frank war sein Sohn, von Anfang an, ich wollte ihn nicht. An die Geburt habe ich keine Erinnerung mehr. Da sind die ersten Monate danach. Es gab schwere Komplikationen, ich lag mehrere Monate im Krankenhaus, und ich hatte große Angst zu sterben.

Frank hatte immer so etwas Weiches, Zerfließendes, er war ein männliches Wesen, das mich körperlich nicht reizte. Ja, er war ein androgyner Junge, sinnlich und schön. Ich verhielt mich reserviert. Er war ein Kind, das nicht meines war. Selbstverständlich spürte er das, später hat er es gewußt. Als Kind habe ich ihn nicht sehr geliebt, auf jeden Fall weniger als seinen Bruder, der ein gutes Jahr später zur Welt kam.

Den wollte sein Vater wieder nicht, da er zu diesem Zeitpunkt schon eine andere Frau hatte. Mich hat Michael immer gereizt, mit ihm hatte ich diese intensive Mutter-Sohn-Bindung. Daß Frank mich auch geliebt hat, habe ich erst sehr spät mitbekommen. Der Grund wird sein, daß ich ihn weniger mochte als seinen Bruder.

Frank und sein Vater verstanden sich bestens. Sie spielten oft miteinander, aus meiner Sicht so männliche Spiele, die ich nicht mochte. Freunde warnten mich, du läßt dir das Kind von der Schwiegermutter abnehmen. Das stimmte so. Sie hat den Jungen ernährt und versorgt. Frank gehörte zum Vater, zu den Schwiegereltern – zu den anderen.

Ich erinnere mich an eine Wanderung an der See, wir waren zu dritt. Frank, der Vater und ich. Der Junge war erst vier Jahre und tippelte und tippelte wie ein Alter. Ich machte schlapp, ich konnte schon wieder einmal nicht mehr! Wie immer, Vater und Sohn hatten es geschafft.

Ich denke heute, ich blieb draußen, weil ich gar nicht rein wollte. Da war ja noch mein Michael – mein Junge.

Die Ehe war eine Katastrophe. Jeder klammerte sich an einen Jungen, da wir miteinander nicht konnten. Das erste Mal bin ich fort, da war Frank drei. Später gab es noch einen sinnlosen Wiederbelebungsversuch, den wir uns besser erspart hätten.

Für Frank war die endgültige Trennung vom Vater traumatisch. Irgendwann kam er völlig aufgelöst von seinem Vater zurück, er hatte den Vater mit der neuen Frau im Bett beobachtet. „Jetzt kann ich mir ja nichts mehr wünschen. Den größten Wunsch, den ich habe, der geht nicht mehr in Erfüllung. Mein Leben ist zu Ende“. Das waren seine Worte, da war er acht.

Von dem Tag an machte er kaum noch Schularbeiten, wollte nicht mehr in die Schule gehen. Die nächste Enttäuschung kam nur kurze Zeit später. Ich lernte D. kennen. Frank sprach ihn ziemlich direkt an: „Du bist jetzt mein neuer Papa, und ich will Papi zu dir sagen!“ D. lehnte ab.

Sein Bruder war immer der geistreiche, witzige, der mit seiner Mutter von einer Ausstellung in die nächste rannte, Frank wollte das nicht. Er war der langsame, phlegmatische. Es dauerte, bis er was gesagt hatte. Der kleine Bruder konnte schon mit fünf Jahren lesen, er hatte noch in der dritten Klasse Probleme damit.

Eins kam zum anderen. Er trieb sich auf der Straße rum, klaute mal hier was, mal da was und fing an zu saufen. Mit dreizehn machte er einen Selbstmordversuch.

Einem Mädchen, das er kennenlernte, schlug er vor, sich gemeinsam umzubringen. Er liebte sie, sie wollte nicht allzuviel von ihm wissen. Es ist schon möglich, daß sie erfaßte, daß er sie physisch nicht begehrte.

Frank hatte eine enge Beziehung zu meinem Vater, der seit Jahren mit einem Mann zusammenlebte. Bis heute habe ich eine dunkle Ahnung, daß dem Jungen dort irgend etwas passiert ist, womit er schwer umgehen konnte. Eines Tages wollte er nicht mehr zu den beiden. Ich hab's nicht ernst genommen, da ich mir nicht vorstellen konnte, daß dem Jungen dort etwas zustoßen konnte. Meinen Vater hab ich daraufhin angesprochen, die Antwort war nein.

Mit fünfzehn Jahren mußte Frank ins Krankenhaus, wegen einer Gelbsucht. Dort verliebte er sich in einen netten, sympathischen Burschen, der ein paar Jahre älter war als er. Die mochten sich sehr, Frank schwärmte für ihn. Er ging bei uns aus und ein, ich fand ihn wirklich unheimlich nett. Die Homosexualität störte mich nicht, ich fand es eher schön.

Mir war schon immer wichtiger, daß man sich liebt, ganz gleich in welcher Konstellation. Ich hatte das Gefühl, Frank war glücklich mit seinem Freund. Er hörte auf zu klauen, trieb sich nicht mehr auf der Straße rum, eine Einweisung in einen Jugendwerkhof stand nicht mehr zur Debatte.

Es hört sich an wie ein Klischee. Nun hatte er Boden unter den Füßen, und bald gehörte er zu den Besten in seiner Klasse. Er nahm sich vor, Germanistik zu studieren. Frank hatte Charakter. Aus Überzeugung war er nicht in die FDJ eingetreten, die Jugendweihe lehnte er ab, den Wehrdienst verweigerte er später total. Von den Lehrern in der Schule wurde er deshalb als der letzte Dreck eingeschätzt. Natürlich klappte es mit dem Studium nicht. In dieser Zeit kamen wir uns sehr nahe.

Eine Zeitlang ging auch alles gut. Tragisch wurde es, als

seine Beziehung sich auflöste und Frank einen anderen Mann kennenlernte. Der war Arzt und etwa fünfzehn Jahre älter. Was zwischen den beiden geschah, weiß ich nicht. Nicht zu übersehen war, daß er tablettenabhängig wurde. Das wenige, was ich weiß, hörte ich von Michael, der seinem großen Bruder inzwischen hinterherstieg wie ein Schutzpolizist. Frank war darüber wütend und hätte seinen Bruder am liebsten verdroschen. Michael hat geschwiegen. Das einzige, was er sagte: „Mami, das ist wie bei ‚Peter und der Wolf'."

Frank schwieg und war für mich da. Alle anderen haben nur gefordert. Der nervige, kränkelnde Michael, die neurotische Mutter und D., der zu der Zeit meistens auf seiner Arbeit war. Frank machte mir das Abendbrot, kaufte ein, half mir beim Saubermachen und stand trotzdem in meiner Gunst hinter den anderen.

Ich vermute, er wollte auch bei einem Menschen der erste sein. Es stand gut um ihn, solange er bei seinem Freund der erste war. In seine Homosexualität hat er mich nie hineinblicken lassen. „Mama, wenn Du wüßtest!", das war sein einziger Kommentar. Gesagt hat er es in dem „Was-ich-alles-schon-gesehen-habe-Ton". Er kannte auch diese Kneipen, die es in der Nähe der Schönhauser Allee gibt. Was ihm da passierte, ich weiß es nicht. Sein Selbstwertgefühl nahm immer mehr ab. Er erlernte einen Beruf, der ihn nicht interessierte – studieren durfte er nicht.

Sein Vater und dessen Familie lehnten Franks Homosexualität ab. Für sie war das das letzte. Die Verachtung hat er aufgenommen, er konnte sich nicht schützen, weil er die Sippschaft mochte.

Er versuchte, etwas mit Frauen aufzubauen, doch auf irgendeine Weise hatten dieser Arzt und auch der ehemalige Freund immer wieder ihre Finger dazwischen. Er bemühte sich auch um die abgelegten Freundinnen seines Bruders. Die Mädchen mochten ihn als einen lieben und verläßlichen Menschen, als Liebhaber lehnten sie ihn ab. Er las viel, vor allem Klaus Mann, er hörte klassische Musik. Er wollte ein Intellektueller werden, eigentlich gegen seine Natur. Er hörte auf zu erzählen, als sein Bruder ihm deutlich machte, daß er das Gelesene sowieso nicht richtig verarbeitete. In all dem Hin und Her zwischen Zuneigung und Ablehnung – zu Frauen und Männern – haben ihn die Menschen, die um ihn waren, tief enttäuscht. Ich eingeschlossen.

Er ist nie da angekommen, wo er hinwollte. Wie in der Metapher von Sisyphos. Eine Woge der Ablehnung stürzte ihn immer wieder an den Ausgangspunkt zurück. Zu oft, so daß er eines Tages beschloß, sich aus diesem Leben zu verabschieden. Im Oktober wäre er neunzehn Jahre geworden.

*

Erklären die in die Enge gedrängten Kids ihr Einverständnis, sich behandeln zu lassen, ist der erste Termin beim Psychotherapeuten schnell reserviert. Die Eltern schöpfen neue Hoffnung.

Doch die Empörung ist groß, fährt der Therapeut den Eltern in die Parade.

„Stop, Hände weg, an Ihrem Kind ist nichts zu therapieren! Homosexualität ist weder das Ergebnis einer verkorksten Erziehung, noch hat sich Ihr Kind aus freien Stücken oder aus einer Laune heraus dafür entschieden. Eine Verhaltensstörung, die therapiert werden müßte, liegt nicht vor."

Die Mediziner und Therapeuten, die noch immer von sich behaupten, in der Lage zu sein, Homosexualität zu heilen, gehören eher zu den Scharlatanen als zu den ernst zu nehmenden Fachleuten. Diese „Wunderheiler" beuten nur das schlechte Gewissen von Eltern aus, die sich schuldig an der Homosexualität ihres Kindes fühlen. Was auch immer den Eltern an Gründen für die Entstehung der Homosexualität offeriert wird – von angeboren über erworben oder auch eine Kombination von beiden –, es ist unerheblich für das Wohlbefinden des Kindes.

Eltern, die die Gefühle ihres Kindes respektieren und bei der Findung seiner gleichgeschlechtlichen Identität unterstützen, verhalten sich menschlich. Gerade jetzt ist ihr Kind auf ihre bedingungslose Liebe und Zuwendung angewiesen, denn eine homosexuellenfeindliche Umwelt stellt diesem Kind eine Falle nach der anderen. Eltern, die mit professioneller Unterstützung ihr Kind in eine äußerst fragwürdige Normalität zwingen, fügen ihm damit schwer gutzumachendes Unrecht zu.

Treffen Eltern und Kind auf einen aufgeklärten Therapeuten, freut sich das Kind oft zu früh. Oft wird der Therapeut kurzerhand von den Eltern als inkompetent erklärt und das Kind in die nächste von den reichlich vorhandenen Praxen geschleppt. Die Wahrscheinlichkeit, auch 1994 in Deutschland auf einen Therapeuten zu treffen, der auf die Therapiewünsche der Eltern eingeht, ist leider immer noch groß. Ist ein Therapievertrag mit den Eltern abgeschlossen und finden die Sitzungen regelmäßig statt, nimmt das Verhängnis seinen Lauf.

Das clevere Kind geht dem Anschein nach auf die Therapie ein und liefert dem Therapeuten sehr schnell die gewünschten Ergebnisse. Die Farce hat einen Namen: Ich bin ein ganz normales Kind. Ohne mit der Wimper zu zucken, macht das lesbische Mädchen aus der verehrten Marion einen Mario. Mit der gleichen Leichtigkeit hängt der schwule Junge an Manuel ein „a“ ran.

Der Klient muß sich nicht allzusehr anstrengen. Die Erwachsenen sind geradezu versessen auf jedes noch so kleine Anzeichen von „Besserung“. Simulieren genügt, der Klient muß nur darauf achten, daß er sich nicht verspricht. Verkündet der Therapeut den erfolgreichen Abschluß der Therapie, ist der Gipfel der Heuchelei erklommen. Zwischen den Eltern wird hartnäckig darüber geschwiegen, daß jeder für sich eigentlich nicht so recht an eine wirkliche Veränderung glauben kann. Trost bringt die Gewißheit, daß man seinen elterlichen Pflichten ordnungsgemäß nachgekommen ist.

Und doch hat es Veränderungen gegeben. Das Kind ist einmal mehr von seinen Eltern enttäuscht worden und hat vor allem eines dazugelernt: Über meine schönsten Gefühle darf ich mit keinem Erwachsenen sprechen. Am besten, ich halte den Mund und tue, als ob. Niemand kann es einem

Kind verdenken, daß es seine Gefühle, die selbst von den liebsten Menschen derart abgewertet werden, tief und sicher in seinem Inneren vergräbt.

Entwickelt hat sich im Verlaufe der Therapie ganz sicher auch die Fähigkeit, die eigene Gefühlswelt wasserdicht abzuschotten. Die Eltern erfahren mitunter erst viele Jahre später – oder auch nie –, daß die Therapie damals nicht die geringste Veränderung in der Gefühlswelt der Kids bewirkt hat. Oftmals hat sie zur endgültigen Gewißheit der eigenen Andersartigkeit beigetragen. So gesehen, war sie doch ein Erfolg.

Die massiven Versuche, die Kids auf den „anständigen" Weg zu bringen, erzeugen Einstellungen, die später nur schwer zu korrigieren sind. Das Vertrauen zu den eigenen Eltern wurde dermaßen erschüttert, daß die notwendigerweise entstandene Distanz zwischen Eltern und Kids nicht mehr zu überbrücken ist.

Auch als Erwachsene können viele Lesben und Schwule nicht vergessen, daß sie in ihrer Kindheit und Jugend von den wichtigsten Bezugspersonen gnadenlos allein gelassen wurden.

Selbstverständlich gibt es Kids, die sich nach der zweiten oder dritten Sitzung der therapeutischen Posse verweigern. Sie machen dicht, spielen einfach nicht mehr mit. Eltern, die ihr Kind nun mit Vorwürfen überhäufen oder mit Versprechungen locken, müssen sich nicht wundern, wenn sich das überforderte Kind mit einem Mal total verschließt und gänzlich aus dem Familienleben aussteigt. Oftmals verweigert ein so schwer gedemütigtes Kind in der Schule das Lernen oder verhält sich plötzlich gewalttätig gegenüber seinen Geschwistern, Mitschülern und hilflosen Menschen.

Sicher ist, die meisten Kids stecken die schweren Demütigungen nicht unbeschadet weg. Da sie noch über kein stabiles moralisches Koordinatensystem verfügen, von wo aus sie die destruktiven Vorwürfe neutralisieren könnten, deponieren viele die ignorante Abwertung ihrer Bedürfnisse durch Eltern, Geschwister, Lehrer und Schulfreunde als eigenverschuldete Defizite. Sie sind ein Stück auch von sich selbst enttäuscht, daß sie die Erwartungen der Erwachsenen nicht erfüllen konnten. Der Schritt zur Verinnerlichung dessen, was sie ständig von verschiedenen Seiten hören, ist schnell gemacht: Ja, ich bin ein Versager!

Das gedemütigte Kind hat verschiedene Fluchtmöglichkeiten: den Rückzug in Neurosen und Psychosen, in die Magersucht oder auch in das Gegenteil davon. Einige hören ganz plötzlich Stimmen und drehen kurzentschlossen ihrem Hamster den Hals um. Von Stund an sprechen sie kein einziges Wort mehr.

Eltern, die immer noch nicht loslassen können, spielen leichtfertig mit dem Leben der Kids. Hat ein in die Ecke gedrängtes Kind „seinen Ausweg“ aus dem unerträglichen Spannungsfeld gewählt, ist das Lamento der Erwachsenen gewöhnlich riesengroß. Das hat „so“ selbstverständlich niemand gewollt.

Eltern müssen sich den Vorwurf anhören, daß sie der Herausforderung, die die Erziehung eines homosexuellen Kindes leider immer noch bedeutet, nicht gewachsen waren. Als Eltern eines homosexuellen Kindes haben sie versagt, da sie sich dem gesellschaftlichen Druck zur kollektiven Normalität nicht entziehen konnten. Kinder sind auf Gedeih und Verderb auf die Liebe ihrer Eltern angewiesen.

Der Hinweis auf den Staat, der „seine Familien“ an dieser Stelle allein läßt, ist berechtigt, doch er macht keinen jungen Menschen wieder lebendig oder holt ihn aus einer gewalttätigen Umgebung heraus. Den Staat gibt es auch nicht, der seine Kids liebt. Es gibt Politker, die sich gern mit Kids fotografieren lassen.

Vor allem lesbische und schwule Kids sind auf Erwachsene angewiesen, die ihnen Mut machen. Auf Lehrer in Schulen, die ihnen in aller Offenheit zu verstehen geben: Deine Gefühle sind okay. Hast du Probleme, kannst du jederzeit damit zu mir kommen!

Angeboten wird den Kids anderes. Auf Schulhöfen und auf den Straßen sind mittlerweile alle Mittelchen zu erwerben, deren Gebrauch die lustvolle Auferstehung des arg lädierten Selbstbewußtseins verspricht und für einige Stunden auch bewirkt: Alkohol und Tabletten, weiche und harte Drogen. Gewalt und Zerstörung sind hier legitimiert, denn sie dienen der Kompensation von unbewältigten individuellen Konflikten. Ratlos betrachten die Älteren die Trümmer, die Kids nach ihren Auftritten immer wieder hinterlassen.

Aufgestockt wurde das Angebot für die deutschen Kids seit der Wiedervereinigung mit Parolen und Gedanken, die immer mehr Mädchen und Jungen faszinieren und aktivieren. Nach Art der Alt-Nazis erscheinen in den grobkörnigen Feindbildern auch wieder Lesben und Schwule. Aus der Sicht mancher Kids ist es nur logisch, daß in das Feindbild einbezogen werden kann, was ihnen die ganze Kindheit über als minderwertig und unwert dargestellt wurde. War man gar selbst einmal davon betroffen, so liegt das schon lange zurück. Inzwischen ist man von den „neuen Idealen" geläutert und einer Elite zugehörig, für die andere Maßstäbe gelten. Der „gemeinsame Kampf" verschafft Genugtuung für die Verletzungen von einst, man fühlt sich aufgehoben in der Truppe, in der es nach Männlichkeit riecht, schmeckt und die „einen den eigenen Körper immer wieder aufs Neue erleben läßt".

Und noch etwas wiederholt sich nach Art der Alt-Nazis auf fatale Weise: Vor allem unter den Aktivisten der Szene – aber auch unter den Sympathisanten und Mitläufern – tauchen sich mehr oder weniger kaschierende Homosexuelle auf, die im Namen eines Deutschtums ihren von der Vorsehung bestimmten Kampf gegen Ausländer und Minderwertige führen.

Das Erstaunen darüber in den Medien – auch in den schwulen – ist groß. Doch warum soll für Neonazis nicht zutreffen, was in allen anderen Parteien und Gruppierungen zur allseits akzeptierten Selbstverständlichkeit wurde: Reden und tun ist zweierlei.

New York City's Schule für Lesben und Schwule

Über Outing in deutschen Klassenzimmern

Brief einer Elfjährigen, die vorgibt, die Lehrerin des Sohnes von Frau E. zu sein.

Werte Frau E.!
Hiermit möchte ich Sie darauf aufmerksam machen, das Ihr Sohn anders veranlagt sein muß, denn er shakert staendig im Unterricht mit Florian, der hinter ihm sitzt!
Vielleicht liegt es an Ihrer Erziehung!
Andere Lehrer haben sich des öfteren auch schon darüber beklagt.
Übrigens finden die Schüler dieses auch als störend.
Falls Ihr Sohn es Ihnen noch nicht mitgeteilt, haben sollte, so möchte ich dieses nachholen. Ihr Sohn hat sich in Mathematik sehr verschlechtert.
In Literatur ist er auch schlechter geworden! Falls er sich nicht verbessert, werden wir härtere Maßnahmen ergreifen!
Hochachtungsvoll Ihres Sohnes Lehrerin!

Demütig hocken die Kirchen im Zentrum von New York City – in Manhattan – zu Füßen der mächtigen Wolkenkratzer, reichen die Sonnenstrahlen bis in die Straßenschluchten hinab, spiegeln sich die Wetterhähne auf den Kirchturmspitzen in den glitzernden Bauten aus Marmor und Glas.

Daß Gott eine dunkle Hautfarbe hat, wird schon länger in New Yorker Kirchen von verschiedenen Kanzeln verkündet. Gott ist eine Frau, diese Auslegung war auch schon zu vernehmen, doch das Allerneuste ist die Verkündigung: God is gay.

New York City spielt verrückt. Einmal im Jahr – in der letzten Juniwoche – führt seit nun über zwanzig Jahren ein riesiger Demonstrationszug Lesben, Schwule und Sympathisanten (1993 über 400.000) vom Central Park quer durch Manhattan – den Broadway entlang – bis in die Christopher

Street, in der 1969 in der Stonewall-Bar zum ersten Male schwule Männer sich erfolgreich gegen die Diskriminierungen der New Yorker Polizei zur Wehr setzten.

Die Sprechchöre durchdringen die schweren Kirchentüren und sind selbst noch ganz oben – in den letzten Stockwerken der Wolkenkratzer – zu vernehmen. Die elektronischen Medien senden das schrille Spektakel auf allen Kanälen, die Zeitschriften und Magazine weben den „schillernden Faden" in ihre Titelstories.

„God is gay", hat ein Priester Gottes in riesigen Lettern auf sein Transparent übertragen, in kleinerer Schrift darunter: In seinem Haus ist Platz für alle – auch für die Heterosexuellen.

Die Politik ist auf den fahrenden Zug aufgesprungen. Wahlanalytiker hatten ermittelt, daß die Stimmen der New Yorker Homosexuellen seit Stonewall 1969 plötzlich nicht nur lauter und schriller geworden waren, sondern bei den Wahlen für das Bürgermeisteramt dem Bewerber zufielen, der ihre Forderungen in sein Wahlprogramm aufgenommen hatte.

An der Spitze des Demonstrationszuges der Homosexuellen marschiert – nun schon seit Jahren – der jeweilige Bürgermeister von New York City. Auch im 20. Jahrhundert – selbst in dieser Stadt – entstehen noch Traditionen.

Noch schneller wurden die anfänglichen Irritationen in den postmodernen Wolkenkratzern durch rationale Analysen ersetzt. Die Kaufkraft der Lesben und Schwulen wurde entdeckt und umgehend als Kalkulationsfaktor im Produktmanagement verankert.

Am Abend des „Gay-Pride-March" ist das Rockefeller-Center in lila Licht getaucht.

*

401 West Street, New York, New York 10014, lautet die Anschrift der „Harvey Milk School", die gemeinsam vom „Hetrick-Martin-Institute" und der öffentlichen Schulbe-

hörde 1986 als eine von fünfundzwanzig alternativen Schulen in der Stadt New York gegründet wurde.

Die erste Schule auf dieser Erde, in der jährlich dreißig Kids, die während ihres Coming out aus der Bahn geworfen wurden, die Chance erhalten, ihren High-School-Abschluß zu beenden. Auf der Straße landeten einige von den Kids, weil Mutter und Vater die Homosexualität ihres Kindes nicht akzeptieren konnten, andere gingen von alleine, weil sie den Druck zu Hause nicht mehr aushielten, und nicht wenige verließen ihre Schule, weil die Angst vor homophoben Lehrern und gewalttätigen Mitschülern nicht mehr auszuhalten war.

Schon seit 1979 bietet das Hetrick-Martin-Institut einen umfassenden Beratungsservice für homosexuelle Kids und deren Familien an. Breiten Raum nimmt inzwischen die Hilfe für Kids mit dem HIV-Virus und bereits an Aids Erkrankte ein.

Jährlich nimmt die Harvey-Milk School um die dreißig Kids im Alter von vierzehn bis einundzwanzig Jahren auf. Zur Zeit sind achtzig Prozent Afro-Amerikaner und Latinos. Gewalt und Intoleranz haben die Kids von den „normalen Schulen“ vertrieben.

Es ist auch schon vorgekommen, daß Mädchen und Jungen sich meldeten, die bei dem Aufnahmegespräch betonten, sie seien heterosexuell. Sie bestanden auf einer Aufnahme, weil sie aufgrund ihres maskulinen bzw. femininen Habitus von Eltern, Geschwistern, Lehrern und Mitschülern mit verbaler und physischer Gewalt ausgegrenzt wurden. Auch Kinder homosexueller Eltern leiden unter dieser Ausgrenzung.

Peter Webb, Lehrer und Sozialarbeiter an dieser Schule, spricht von Untersuchungen, die belegen, daß die Selbstmordrate bei lesbischen und schwulen Kids in New York dreimal so hoch sei wie bei heterosexuellen Kids.

Die Kids, die unter dem Ausstoß aus der Familie und unter den grausamen Selbstbehauptungskämpfen auf den Straßen New Yorks gelitten haben, erhalten in der Harvey-Milk-School ein neues Zuhause.

Die schulischen Voraussetzungen der Kids sind sehr verschieden. Individuelle Lernprogramme bieten günstige Voraussetzungen für einen erfolgreichen High-School-Abschluß, wodurch sich die Chancen für das Berufsleben stark erhöhen.

Zwei Lerneinheiten pro Tag sind für die Gruppe vorgesehen. Gelehrt werden die Fächer Literatur, Mathematik fürs Leben, Kunst, das Gesetz, die Gesundheit. Danach erfolgt der Unterricht nach den individuell gestalteten Lehrplänen.

Die jungen Lesben und Schwulen leben in einer Atmosphäre, die die Entfaltung ihrer Identität begünstigt – ganz im Gegensatz zu der Zeit davor. Sie erleben Erwachsene, die offen lesbisch oder schwul auftreten und sie als junge Lesben und Schwule respektieren. Untereinander erleben sie diese Offenheit ebenfalls. Die Erfahrungen, die sie dabei machen, diskutieren sie unverstellt und kritisch im Unterricht.

*

Der „Wecker", das Schülermagazin des Hansa-Gymnasiums in Hamburg-Bergedorf, zeigt in der Nummer 121 im Juni 1992 auf der Titelseite ein Foto, das große Irritationen bei Schülern und Lehrern auslöst. Zwei Jungen – zu sehen sind ihre Köpfe und nackten Oberkörper –, die sich im Bett lieben.

„Andersrum", unter dieser Überschrift kündigt die Redaktion einen Beitrag zur Situation der Homosexuellen in Deutschland an. Auf Seite sechs erlebt der Leser die nächste Überraschung. Das Titelfoto erscheint noch einmal und findet auf Seite sieben seine Fortsetzung. Der Rücken des oben Liegenden geht über in einen runden, strammen Hintern, die kraftvollen Oberschenkel ruhen friedlich aufeinander. Das Bild läßt keinen Zweifel: Zu sehen sind zwei sich liebende Jungen nach dem Orgasmus.

Auf den Seiten acht bis elf folgt eine sehr gut recherchierte und intelligent geschriebene Analyse zum Thema. Die Verfasser fordern, endlich Homosexualität als Thema in den Unterricht einzubeziehen. Die Schüler wollen offen mit ihren Lehrern über ein Thema diskutieren, das irgendwie auch in ihrer Klasse ständig im Raum herumgeistert, aber keiner anzupacken wagt.

Sie sind enttäuscht von ihren Lehrern, denn sobald die sich im Unterricht dem Thema Sexualität – egal ob Homosexualität oder Heterosexualität – nähern, wird die Sache zugeschachtelt und kompliziert, weil die Lehrer selbst mit im Spiel sind. Das ist die Vermutung der Schreiber des Artikels.

*

An deutschen Schulen werden Schüler ganz bestimmt nicht zum Ausländerhaß aufgerufen. Wiederholt hören sie, Gewalt ist kein legitimes Mittel zur Durchsetzung von Interessen. Sehr früh werden ihnen in naturalistischer Deutlichkeit die Gefahren von Drogen und Alkohol ausgemalt, und trotzdem greifen viele von den Kids bei der ersten besten Gelegenheit danach. Sie schmieren ausländerfeindliche Parolen an Häuserwände, und schon Zehnjährige behaupten, daß „Juden nur bescheißen wollen" und „Homos das Hinterletzte" sind.

Rita, ein Mädchen aus einer 6. Klasse in einer Grundschule in Ost-Berlin, nennt auf die Frage nach den gebräuchlichen Schimpfwörtern in der Klasse: Arschloch, Penner, Schwanzlurch, Perversling, Wichsfrosch, Wichser, Fischkopp, schwule Ratte, Arschbumser, Holzkopp, Busengrabscher, Spanner, Schwuladin, Sau, Schwanzbacke, Froschmann.

Auf die gleiche Frage zählt ein Junge aus einer 5. Klasse einer Gesamtschule in West-Berlin nachfolgende Schimpfworte auf: Wichsfrosch, Arschloch, Ficker, Kondomlutscher, Bumsknoten, Penner, Perversling, homosexuelle Wanderratte mit Ringelschwanz, Schwanzlurch, Arschwichser, dicke Kuh, Sau, schwule Ratte, Ficksau, Schwuladin, Wichser, Walroß, Elefantenfee.

„Du schwule Sau!" brüllt ein Junge einem Mädchen auf dem Schulhof hinterher. Noch weiß der Fünftkläßler die genaue Bedeutung des Wortes nicht, die Abwertung, die er mit der Wahl dieses Wortes transportiert, erfaßt er ziemlich genau. Elfjährige haben zu Beginn ihrer Pubertät schon mehrmals die Erfahrung gemacht, daß Homosexuelle in unserer Kultur ausgegrenzt sind. Schwule und Lesben sind in ihrem Verständnis schon Minderwertige, Menschen zweiter Klasse, bevor die Kids die Bedeutung der Wörter kennen.

Sei es über die abfälligen Bemerkungen, die Kinder im Elternhaus hören, über die diskriminierenden Witzeleien, die der Vater über die offensichtlich lesbische Briefträgerin macht, oder über die Berichterstattung in den Boulevard-Zeitungen. Für die Mehrzahl der Kinder in den Großstädten gehören Homosexuelle zum Abschaum.

„Nur wer normal ist, ist cool und darf dazugehören", sagt ein Dreizehnjähriger auf die Frage seines Lehrers, wie er sich als Schwuler verhalten würde. Der Lehrer hat über seine Homosexualität mit den Schülern ausführlich gesprochen.

Wer kann es den Kids verdenken, daß sie unter diesen Umständen mit ihren Gefühlen abtauchen und sie tief und fest im Innersten vergraben.

STIMMEN

Frank W., Lehrer

Ich bin mit einundzwanzig an diese Schule gekommen. Inzwischen bin ich zwölf Jahre hier. Mein Coming out, dieses Suchen nach einem Lebensstil und einem Partner, haben die Kollegen hautnah mitbekommen. Die Kommentare der Kollegen gingen sehr weit auseinander, von gutartig bis bösartig. Seitdem ich in einer festen Partnerschaft lebe und ich wieder ich geworden bin, haben sie sich beruhigt. Es waren eher lächerliche Details, an denen sie sich hochzogen. Das war schon manchmal nervig. Ich steckte mir eine alberne Brosche an, und schon waren einige in heller Aufregung.

Man konnte mich mit solchen Sachen nicht verletzen. Also hat sich auch das gelegt. Ich wurde wieder als Mensch wahrgenommen und nicht mehr als ein obskures sexuelles Objekt. Es war eine Frage der Zeit, bis für alle selbstverständlich war, daß ich, wenn die Frauen über ihre Männer redeten und die Männer über ihre Frauen, über meinen Mann sprach.

Ich konnte meine Position pädagogisch, fachlich und menschlich immer wieder durchsetzen. Der schuldbeladene, zerquälte, dumme kleine Schwule, den die Umwelt erwartet, der war ich nie. Ich war eine Person, die man zur Kenntnis nehmen mußte.

Ich habe mir vorgenommen, nicht zu lügen – ausgenommen kleine Notlügen. Das war auch der Grund, mit meinen Eltern über mein Schwulsein zu sprechen.

Ein Hindernis für die ganz große Lehrerkarriere wird Homosexualität wohl immer noch sein. Da es aber keine „Rosa Akten" mehr gibt, kann ich mir schwer vorstellen, daß das Amt, das ja letztendlich über einen eingereichten Beförderungsantrag entscheidet, die sexuelle Orientierung des Bewerbers kennt. Kann schon sein, daß das ziemlich blauäugig ist.

In meinem Kollegium genieße ich ein solches Vertrauen, daß ich jedes Jahr bei der Gremienwahl mit der vollen Stimmzahl abschneide. Das ist eine Vertrauensbasis, die ich nicht hätte, wenn ich mein Schwulsein mit viel Energie verstecken würde. Ich bin mir da sicher.

Ich bin für die Kinder Autoritätsperson und Vertrauter. Wenn die Jungen aus der sechsten Klasse zu mir kommen und mich fragen, ist das schlimm, wenn wir uns gegenseitig einen „runterholen", dann heißt das, ich bin für sie eine Vertrauensperson. Ja, das fragen sie – unter anderem.

Sie wissen, ich habe was dagegen, wenn sie das Wort schwul als Schimpfwort benutzen. Wollen sie jemandem sagen, daß sie ihn doof finden, sagen sie schon mal „Schwule Sau". Ich greife das auf und werde etwas umständlich. Sau geht schon gar nicht, sage ich, eine Sau ist nämlich weiblich. Wenn, dann müßte es „Lesbische Sau" heißen, aber du meinst sicherlich „Schwuler Eber". Die Verbindung stimmt sprachlich.

Das ist ein Spielchen, das wir zusammen spielen – auch in anderen problematischen Dingen –, und es funktioniert, weil ich ihnen ab und zu erkläre, schwul oder lesbisch ist weder schlimm noch doof.

Na ja, du bist wohl schwul? Das rutscht ihnen schon mal raus, allerdings sehr selten. Ich frage dann: Willst du mich beleidigen? Und je nach dem, wie die Antwort ausfällt, reagiere ich.

Ich veranstalte in Abständen eine Fragestunde, in der ich alle Fragen beantworte. Klar, daß auch zu meiner Person gefragt wird. Ob ich verheiratet bin, ob ich Kinder habe, wie ich denn lebe. Ich antworte ehrlich: In diesem Fall zweimal nein, und ich lebe mit einem Mann zusammen.

Die Kinder begreifen selbst und ziemlich schnell, daß ich nicht wie die anderen Kollegen bin. Ich muß ihnen nicht sagen: Zuhören! Vor euch steht ein Schwuler!

Ich bin kein Exot und auch kein Monster. Diese Art von Aufklärung benötigen vielleicht die Erwachsenen, Kinder nicht. Die erlebe ich etwa bis zum zwölften Lebensjahr so aufgeschlossen, daß sie nur das ablehnen, wovon sie sich wirklich bedroht fühlen. Mein Schwulsein erleben sie nicht als Bedrohung, weil es keine ist.

Rede ich im Unterricht zum Beispiel über die Anatomie des menschlichen Körpers, dann erleben mich die Kinder sehr, sehr offen. So wie ich über die Schönheit des Frauenkörpers rede, rede ich über die Schönheit eines Männerkörpers. Ich spreche über Kultur und Vorurteile und komme auf Sexualität. Nicht zwanghaft, nicht missionarisch und vor allem nicht allzuoft.

Ich respektiere die Schamgrenzen der Kinder. Unterrichte ich menschliche Proportionen, frage ich: Darf ich mal deinen Ellenbogen anfassen, ich möchte zeigen, wie man ihn am besten zeichnet. Die „Nein“ sagen, respektiere ich selbstverständlich. In der sechsten Klasse zeichnen sie bei mir Akte nach Fotos, weil ich für die Kinder keine Modelle bekomme. Möglich, daß ein oder zwei Kinder am Anfang verschämt kichern, lange dauert es nie, bis sie sich ganz selbstverständlich in das Zeichnen vertiefen. Das Aktfoto bringen die Kinder von zu Hause mit, und ich bitte darum, daß sie es auch ihren Eltern zeigen und ihnen erklären, was damit in der Schule gemacht wird. Ich spreche über Schönheitsideale und über die Gründe, warum mir diese Muskelmänner unangenehm sind. Einem Jungen, der beim Reden über die Oberarme von Schwarzenegger große Augen bekommt, versuche ich deutlich zu machen, daß sein Ideal ein anderes ist, jedoch kein schlechteres.

Kürzlich hat mich ein ehemaliger Schüler, der heute zweiundzwanzig Jahre ist, besucht. Nicht weil ich schwul bin, sondern weil er mich mochte. Er hat mir gesagt, daß er „das" damals einfach so am Rande mitbekam und sich nie groß darüber Gedanken machte. An mir waren für ihn andere Eigenschaften wichtig. Ich gehe davon aus, die Jugendlichen, die mit fünfzehn unsere Schule verlassen, wissen schon, wen sie da vor sich hatten.

Es ist doch ein anachronistischer Zustand. Die Kinder, die auf dem Weg zur Schule Zeitschriften wie „Bravo" oder „Mädchen" lesen, erfahren aus der Beratungsecke dies und jenes über Homosexuelle und deren Probleme. In dem Moment, wo sie sich in ihrer Klasse auf den Stuhl setzen, kommt dieses Thema offiziell nicht mehr vor. Ich halte es für notwendig, daß an jeder Schule offen auftretende Lesben und Schwule unterrichten. Die Kinder wachsen dann ganz selbstverständlich damit auf. In diesen Lehrern haben sie Ansprechpersonen und im speziellen Fall Menschen, die sie beim sowieso schwierigen Coming out unterstützen können. Die Schauergeschichten, die sie ansonsten an allen Ecken über Lesben und Schwule aufschnappen, können sie mit diesen Lehrern besprechen.

Die in Berlin zu finden ist sicherlich drin, nur – ich denke an meine Schulzeit – müßten diese Lehrerinnen und Lehrer unbedingt auch Sympathieträger sein. Da sehe ich die größeren Probleme. Denn der sogenannte Draht zu den Kindern ist nur über Vertrauen zu legen. Jemand, der selbst noch Schwierigkeiten mit seinem Coming out hat, wird niemals eine Vertrauensperson als Lesbe oder Schwuler sein können.

Ich habe mein Schwulsein ziemlich früh mitbekommen. Die Lehrerin, die den Aufklärungsunterricht durchführte, errötete bei diesem Thema. Über Geburtsvorgang und Monatsregel redete sie hervorragend. Viele Erwachsene erinnern sich, daß ihre homoerotischen Phantasien sie schon sehr früh – mit sieben oder acht – in schwere Konflikte brachten. Die Orientierungslosigkeit verunsicherte sie. Niemand in der Nähe – weder zu Hause noch in der Schule –, dem man so etwas hätte anvertrauen können.

Ich komme noch einmal auf diese Fragestunde zurück, die ich in meiner Klasse regelmäßig veranstalte. Überfordert mich eine Frage, sage ich, ich erkundige mich, und reiche die Antwort nach. Sie merken, ich setze Ehrlichkeit ganz oben an. Ich hasse Lügen und dieses Getue um Tabus.

Die Kollegen, die sich von ihren Halbwahrheiten nicht verabschieden können, haben bei den Kindern doch keine Chance.

Ursula Rieger, Lehrerin

Außer mir kenne ich nur noch zwei Kolleginnen, die sich vor ihren Schülerinnen und Schülern als Lesben geoutet haben. Die Angst vor Diskriminierungen ist sehr groß.

Mir selbst kam zum Teil ein Zufall zu Hilfe: Ich war in einer SAT 1-Talkshow zum Thema „Alleinerziehende“ als lesbische Mutter eingeladen. Ich wußte bei der Aufzeichnung der Sendung noch nicht, zu welchem Zeitpunkt sie ausgestrahlt werden würde. Sie lief dann an einem Vormittag in den Ferien, und viele meiner Schülerinnen und Schüler hatten sie gesehen. Das Thema „lesbische Mütter“ wurde allerdings nur kurz am Anfang der Sendung angesprochen. Nachdem meine Kinder mich auf die Sendung angesprochen hatten, stellte sich heraus, daß sie mich nur als „Alleinerziehende“ und nicht als „Lesbe“ wahrgenommen hatten. Ich hätte also nochmal „abspringen“ können.

Hinzu kam aber, daß ich mich seit Jahren mit meinem Coming out in der Schule und vor der Klasse beschäftigt hatte und seit längerem fest vorhatte, es ihnen zu sagen. So stieg zwar mein Adrenalinspiegel erheblich, aber ich wußte auch, daß eine so gute Gelegenheit nicht so schnell wiederkommen würde.

Als ich es dann gesagt hatte, kamen alle nur erdenklichen Kommentare und Fragen. Vor allem waren sie sehr erstaunt: „Sie doch nicht!“ Im Grunde hat es die ganze Stunde gedauert, bis sie es wirklich glauben konnten. Sie haben gefragt und gefragt. Ich habe von mir erzählt und alle Fragen beantwortet bis auf die Frage nach den sexuellen Techniken. Die habe ich auf unseren geschlechtsdifferenzierten Unterricht verschoben. Das waren dann nochmal zwei aufregende und ganz unterschiedlich verlaufende Stunden.

Es gab noch einen Grund, es der Klasse zu sagen. Ich hätte die Hürde vielleicht doch nicht übersprungen, wenn ich diese Geschichte nicht erlebt hätte: Als ich mich einmal von meiner Freundin auf der Straße mit einem Kuß verabschiedete, sprachen mich zwei junge Mädchen an. Die kamen auf mich zu und fragten mich, ob ich lesbisch sei, sie hätten noch nie solche Frauen gesehen u. ä. Ich kam mit ihnen ins Gespräch. Sie waren unheimlich neugierig. Wir redeten danach noch öfter miteinander. Ich hatte den Eindruck, daß es für die Mädchen von großer Bedeutung war, daß sie mit mir sprechen konnten. Es hat mich sehr bewegt.

Seither finde ich es ungemein wichtig, daß Mädchen und Jungen „leibhaftige“ Lesben und Schwule kennenlernen, weil sich gerade in den Gesprächen mit den beiden Mädchen zeigte, wieviele Klischees in den Köpfen herumschwirren.

Ich fühle mich seitdem ein Stück vollständiger. Im Unterricht, aber auch im Kollegium. Zu den Jungen und Mädchen hab ich eher ein besseres Verhältnis. Das trifft auch auf die ausländischen Kinder zu. Ich weiß, ich werde von ihnen akzeptiert.

Mit dem Kollegium ist es etwas schwieriger als mit den Kindern. Nun lege ich zwar keinen Wert darauf, mit dem ganzen Kollegium sehr gut auszukommen, aber als kränkend oder diskriminierend erlebe ich schon, daß meine Lebensweise einfach vollkommen ausgeklammert bleibt. Selbst wenn ich beginne, davon zu erzählen, kommt keine Resonanz, keine Nachfrage. Einmal kam die Sprache auf Homosexualität, dann wurde umständlich, so in der Art „du hast doch damit etwas zu tun, könntest du vielleicht ...?“ an mich delegiert. Einer eigenen offenen Auseinandersetzung, wie sie über Integration, Ausländerfeindlichkeit oder Gewalt geführt wird, wird ausgewichen.

Ähnliche Erfahrungen habe ich mit den Eltern gemacht. Die meisten Kinder hatten es ihnen erzählt und berichteten mir von den Reaktionen der Eltern. Diese reichten von moralischer Ablehnung über „das sei meine Sache“ bis zu „das finde ich mutig“. Kurz nach der „Coming-out-Stunde“ fand ein Elternabend statt. Leider fiel dazu kein einziges Wort. Ich war schon etwas enttäuscht, denn ich hätte gern mit ihnen darüber gesprochen.

Ich hatte auch die Vertrauenslehrerin informiert und anderen Lehrkräften angeboten, mit ihren Schülerinnen und Schülern über das Thema zu sprechen. Noch einmal keine Reaktion. Dennoch ist das Gefühl für mich, offen zu mir zu stehen und mich nicht zu verstecken, einfach super.

Von lesbischen Lehrerinnen an anderen Schulen werde ich häufig angesprochen und nach meinen Erfahrungen gefragt. Ich plädiere dann immer ganz deutlich für mehr Offensivität.

Detlef Mücke, Lehrer

Mittlerweile bin ich zwanzig Jahre an einer Gesamtschule in Berlin-Gropius-Stadt. Ich unterrichte Arbeitslehre und Gesellschaftskunde. Das umfaßt Geschichte, Erdkunde, Sozialkunde. Seit etwa zehn Jahren bin ich offen schwul an der Schule. Der Anlaß war folgender. Mich rief eine Mutter an, die etwas verlegen war. Ich hörte raus, daß sie unbedingt mit mir reden wollte. Wir hatten ein gutes Verhältnis zueinander. Ich erfuhr, daß die Schülerinnen mich für schwul hielten. Fest machten sie das an den Ringen und Armreifen, die ich damals trug. Ich hab mich für den Hinweis bedankt und ihr gesagt, ja, es ist so und ich werde mit der Klasse darüber sprechen.

Es war eine achte Klasse, und eine Klassenfahrt stand in Aussicht.

Ich habe die Mädchen in meine Wohnung eingeladen, und bei Kaffee und Kuchen haben wir gemeinsam eine Strategie entwickelt, wie wir die Jungen in der Klasse einweihen.

Damals hatten wir noch sonnabends Unterricht. In der letzten Stunde bin ich auf die Klassenfahrt eingegangen. Ich bin regelrecht feierlich geworden. Ich bin euer Klassenlehrer, ihr bringt mir viel Vertrauen entgegen, ich denke, Vertrauen funktioniert nur, wenn beide Seiten einander vertrauen. Es mag vielleicht einige schocken, was ich jetzt sage, aber gerade im Hinblick darauf, daß wir eine Klassenfahrt machen, muß Offenheit dasein. Es gibt Gerüchte, die keine sind – ich bin schwul. Schweigen im Walde. Selbst die Jungs, die immer die große Klappe hatten, waren wie erstarrt. Dann fragte einer zögerlich: stockschwul? Ich sagte: stockschwul!

Anschließend schlug ich ihnen vor, daß sie am Wochenende darüber nachdenken können. Sollten sie mit einem schwulen Lehrer nicht auf Klassenfahrt gehen wollen, wäre ich nicht böse. Wer Fragen hat, könne gleich fragen.

Die Kommentare am Montagmorgen waren einhellig: Na und, das ist doch nicht so schlimm. Auf meine Frage, ob sie ihre Eltern eingeweiht hätten, hörte ich, daß die mich auch „so“ mochten. Nur einer sagte, das war unmöglich, weil sein Vater ihn sofort von der Schule genommen hätte.

An den nächsten Tagen war es kein Thema. Unser Umgang miteinander veränderte sich nicht. Direkte Fragen dazu kamen später.

Das Outen stellt sich für mich ja jedes Jahr neu. Herzklopfen habe ich deshalb nicht mehr. Ich gehe nach keinem starren Schema vor. Etwa: Ich bin euer neuer, schwuler Lehrer! Ich bringe es sehr verschieden ein, je nachdem. Meistens wissen es die Schüler schon von ihren Geschwistern oder Freunden. Eine Erfahrung aus all den Jahren ist: Die Kinder finden es eigentlich toll, daß ein Lehrer die Zivilcourage hat, sich verletzbar zu machen.

Ich gebe die Zensuren, die ich für richtig halte, ich strafe, ich schreie auch mal und bin sicherlich manchmal ungerecht, doch ich habe nie erlebt – was in den Köpfen vieler schwuler Lehrer herumspukt und sie ängstigt –, mir anhören zu müssen: Von dir schwulen Sau lasse ich mir doch nichts bieten!

Auf Elternabenden war meine Homosexualität noch nie Thema. Nur wenige können mit mir darüber reden. Diejenigen, die eine negative Einstellung dazu haben, trauen es sich nicht anzusprechen. Ich vermute, die Kinder überlegen es sich auch, ob sie zu Hause darüber reden. Sie schätzen ab, ob ihre Eltern das wegstecken können oder nicht. Die Kinder sind relativ offen. Was in ihren Schimpfworten an Frauen- und Schwulendiskriminierung durchkommt, übernehmen sie in einem Alter, wo sie die ganze Bedeutung noch nicht erfassen können. Sie wissen, daß Wörter wie „Votze", Schwuler eindeutig negativ besetzt sind. Ich verbiete diese Wörter nicht, fallen sie, nutze ich sie als Aufhänger für ein Gespräch.

Ich habe die schwule Lehrergruppe in der Gewerkschaft Erziehung und Wissenschaft mitbegründet. 1978 veröffentlichten zwei Kollegen und ich in unserer Zeitschrift einen Artikel mit dem Titel „Die Angst des schwulen Lehrers im Dienst". Wir haben unsere eigenen Ängste und Gefühle öffentlich gemacht. Etwas, was zu diesem Zeitpunkt im Schuldienst total ungewöhnlich war. In langen Diskussionen hatten wir uns in unserer schwulen Lehrergruppe gegenseitig Mut gemacht und auf eine Auseinandersetzung vorbereitet. Mich störte immer, daß ich meine Schüler nie zu mir nach Hause einladen konnte, weil ich befürchtete, daß sie von meiner Wohnungseinrichtung auf meine Sexualität schließen könnten. Das hat mir das Herz bluten lassen – wirklich.

Wir machen jedes Jahr bundesweit im „Waldschlößchen" bei Göttingen schwule Lehrertreffen. Es ist schon ein Unterschied, ob ich in einer Metropole oder in einer Kleinstadt unterrichte. Generell scheint es so, daß das Ausmaß an Diskriminierung sehr stark von der Lehrerpersönlichkeit abhängt. Je beliebter der Lehrer ist, je mehr man ihn mag, desto eher schluckt man die Pille. Ich kenne einen Lehrer in einer ganz kleinen Stadt, der sehr viel Jugendarbeit macht, der wird angenommen.

Ich unterscheide ganz grob zwischen Norddeutschland und südlich der Mainlinie. In Bayern und Baden-Württemberg sieht die Situation aufgrund des katholischen Einflusses weniger günstig aus. Dort ist noch Spießrutenlaufen angesagt. Mutige gibt es aber auch da.

Untersuchungen in Nordrhein-Westfalen zeigen, daß die jüngere Generation die geringsten Vorurteile hat. Ich bin lange nicht mit allem in der „Bravo" einverstanden, doch mit welcher Unbefangenheit dort Schwulsein und Lesbischsein als zeitgemäße Lebensformen beschrieben werden, stimmt mich optimistisch.

Wir arbeiten in unserer Gewerkschaftsgruppe auch bildungspolitisch. Das heiße Eisen Homosexualität muß viel stärker im Unterricht thematisiert werden. Die GEW Berlin drängt den Schulsenator, Homosexualität in die Rahmenpläne aufzunehmen.

Die Sexualerziehung in Deutschland liegt brach – generell. Das Thema taucht weder in den Schulbüchern noch in Rahmenplänen auf. Ein Unding ist, daß die Verfolgung der Homosexuellen bei den Nazis – mit einer Ausnahme – nicht in den Geschichtsbüchern vorkommt. Es gibt wenig gutes Material, das man den Lehrern in die Hand geben könnte. Das Fach Biologie sieht Sexualerziehung vor. Was passiert, ist die Vermittlung von Faktenwissen. Angefangen bei der Zeugung über den Eisprung bis zur Geburt. Empfängnisverhütung wird in einigen Schulen auch besprochen. Aber das Eigentliche, was Sexualerziehung ausmachen müßte, das Reden über Gefühle, über immer auftretende Schwierigkeiten und Probleme, das bleibt außen vor.

Ernsthafte Gespräche über Sinnlichkeit, über die Lebensbejahung von Sexualität werden doch in der Erwachsenenwelt auch nicht geführt. Da Jugendliche reproduzieren, was ihnen vorgelebt wird, müssen wir uns nicht wundern. Gerade aus diesem Grund hat die Schule den Auftrag, Jugendliche zur Emanzipation, Mündigkeit und Eigenverantwortung zu erziehen.

Sexualerziehung soll fächerübergreifend erfolgen. Jeder Lehrer ist aufgefordert, sobald eine Frage dazu auftaucht, sie aufzugreifen. Das bleibt eine hohle Phrase, die meisten trauen sich gar nicht, aus verschiedenen Gründen: weil sie dafür nicht ausgebildet wurden, weil kaum Fortbildungsmaßnahmen angeboten werden, weil sie Angst vor einer möglichen Auseinandersetzung mit den Eltern haben und weil sie von den Verantwortlichen allein gelassen werden. Ohne eine gewisse Souveränität und Persönlichkeit kann man aber nicht über Sexualität reden. Per Saldo gesehen, hat die Sexualerziehung in Deutschlands Schulen versagt.

Mit der Bildung der CDU/FDP-Regierung 1982 wurden die von der Bundeszentrale für gesundheitliche Aufklärung erstellten Unterrichtsmaterialien für eine emanzipatorische Sexualerziehung wieder eingestampft. Seit elf Jahren hat sich nicht mehr viel getan.

1968 gab es einen Beschluß der Kultusministerkonferenz, daß Sexualerziehung Auftrag der Schule wird. Bis dahin wurde es als originäres Elternrecht angesehen. Viele Eltern waren damit überfordert, da sie selber keinerlei sexuelle Aufklärung erfahren hatten. Nun sagte der Staat, Schule hat einen gesetzlich abgesicherten Rechtsanspruch auch zur Sexualerziehung. Da aber die Schule nichts gegen den Willen der Eltern machen darf, muß sie die Eltern informieren. Bloß, viele Lehrer denken noch, die Eltern müssen alles genehmigen. Richtig ist, sie müssen informiert werden. Obendrein scheuen viele die Auseinandersetzung mit den Eltern. Sie machen gar nichts.

Unsere Gewerkschaftsgruppe bietet Unterstützung an. Kommt zu uns, wenn ihr Probleme mit den Eltern oder dem Schulrat habt.

Ich frage mich wirklich, wovor die Konservativen ihre Kinder schützen wollen. Die stellen sich immer noch vor, Informationen entscheiden, ob ein Kind hetero- oder homosexuell wird. Sie verhindern Offenheit. Die Schulverwaltung ist der Ansicht, daß Aufklärung über schwul-lesbische Lebensweisen „fast zwangsläufig zu einer Werbeveranstaltung degenerieren“ würde. „Staat und Schule können jedoch ein derartiges Verhalten nicht als ‚normal‘ hinstellen und dafür werben.“ Absurd.

Wenn man von Pädagogik spricht, muß man auch vom pädagogischen Eros sprechen. Es gibt in jeder Schulklasse erotische Spannungen, Gefühle, Sympathien und Antipathien. Manche Kinder mag man mehr, manche weniger. Man muß sich dessen bewußt sein. Es gibt Lehrer, die pädophil empfinden. Sie stecken in einer großen Zwickmühle. Ihre pädophilen Empfindungen können sie sich nicht verbieten. Nun ist die Frage, ob sie ihre Neigung im Schulalltag leben dürfen oder ausschließlich privat. Ob an der eigenen Schule oder an einer anderen, Jugendliche sind immer Schüler. Das ist die Schwierigkeit. Ich erwarte – das ist meine politische Haltung –, daß man als Lehrer seine Funktion nicht benutzen darf, um seine privaten Gefühle zu leben. Erotische Anziehung, Spannungsverhältnisse wird es immer geben. Das gilt für Heterosexuelle und Homosexuelle.

Ich bin überzeugt, daß Schwule – nicht alle – etwas Besonderes haben, eine spezifische Sensibilität, die sie für unseren Beruf prädestiniert. In den nächsten Wochen gibt es über das Schwulenreferat der Berliner Universitäten eine Veranstaltung, auf der wir „Alten" den Lehrerstudenten sagen werden, daß sie keine Angst vor einem öffentlichen Coming out haben müssen.

Eltern muß man aber auch sagen, daß ein schwuler Lehrer ihre Jungen nicht zu Homosexuellen umfunktionieren kann. Eltern sollten ihre Kinder so erziehen – gerade auf sexuellem Gebiet –, daß die Kinder selbst bestimmen, was sie möchten und was nicht. Was sie nicht wollen, müssen sie nicht tun. Sie haben das Recht zum Nein-Sagen.

Wenn ich auf Klassenfahrt bin, haben die Kinder in der 9. Klasse ein Drittel des Tages Freizeit. Das ist mit den Eltern abgesprochen. Angst habe ich nicht um die Mädchen, die aufgeklärt und selbstbewußt sind. Die wissen sich zu verhalten, wenn sie in irgendeiner Kleinstadt von den Jungen dort angebaggert werden. Sorgen bereiten mir die Mädchen, die zu Hause nicht aufgeklärt wurden, die überbehütet sind. Die nutzen die erstbeste Situation, um sich irgendeinem Typen an den Hals zu werfen.

Ich halte nach wie vor die Ziele einer emanzipatorischen

Sexualerziehung für richtig, die die Gleichberechtigung der Geschlechter und die Gleichstellung der Homosexuellen fordert. Ich wünsche mir und kämpfe für eine humane Schule. In der ist es für Jugendliche kein Problem mehr, zu sagen: Du, ich bin schwul! Du, ich bin lesbisch! Dort ist es normal, verschieden zu sein.

SCHÜLERINNEN UND SCHÜLER ÜBER IHREN LEHRER, HERRN MÜCKE

Edibe, 15, Kurdin

Na klar weiß ich, was Homosexualität ist. Herr Mücke ist so. Andere kenne ich nicht.

Ich halte es für normal. Ich meine, wenn er das will, dann soll er es machen. Das ist sein Leben. Er ist mir sympathisch.

Wir haben ihn gefragt. Wir hatten das von anderen gehört, die haben immer so darauf rumgebohrt. Da sind wir zu ihm, und er hat es auch zugegeben. Er ist sehr mutig.

Ich könnte mir vorstellen, daß aus der Klasse jemand so ist. Wir haben auch schon darüber geredet, unter uns Freunden. Herr Mücke hat ja gesagt, falls jemand so ist, könnte der oder die sich ihm anvertrauen. Ich meine, da gibt es doch nichts zu lachen.

Wenn ich so wäre, das stelle ich mir schwer vor. Man sieht es auch jemandem nicht an, na ja, manchmal schon.

Meine Familie, die würde schon mit mir darüber ruhig reden. Ich kenne doch meine Eltern, die sind nicht so altmodisch. Ich habe mit ihnen auch über Herrn Mücke gesprochen. Nicht alle Eltern sind gleich.

Andrea, 15

Eine Lesbe ist eine Frau, die sexuellen Kontakt zum weiblichen Geschlecht hat. Ich kenne keine, glaube ich jedenfalls. Ich kann mir nicht vorstellen, eine Lesbe zu sein. Bei anderen kann ich mir das vorstellen.

Ich war die, die Herrn Mücke ganz frech mal gefragt hat, und er hat geantwortet, ja, ich bin so. Das hat er vor der ganzen Klasse zugegeben. Das fand ich gut, daß er das so gesagt hat, daß er keine Hemmungen vor uns hatte. Der ist mutig. Manche Lehrer sagen das nicht, weil sie Angst davor haben, daß die Schüler sie nicht mehr akzeptieren. Unsere Klasse behandelt ihn wie einen, der normal ist.

Vorstellen kann ich mir nicht, daß noch ein anderer Lehrer bei uns so ist oder jemand aus der Klasse. Vielleicht deshalb, weil es mir egal ist.

Im Unterricht haben wir über Homosexualität nur was von Herrn Mücke gehört. Das war 'ne ganze Menge. An der Schule wissen wir das meiste darüber.

Juliane, 14

In meiner Verwandtschaft ist niemand schwul oder lesbisch. Auf der Straße denke ich manchmal, die Frau da könnte eine sein, eine Lesbe.

Homosexuelle Männer sind freundlicher als andere Männer. Das merkt man, die laufen so komisch und reden so ganz anders, weil sie schwul sind. Bei Herrn Mücke ist mir das nicht aufgefallen. Über den wurde ja schon länger gesprochen. Geglaubt habe ich es erst, als er es selber zugegeben hat.

Ich habe mal einen Bericht im Fernsehen gesehen. Seitdem finde ich die Schwulen nett und so. Die helfen einem auch.

Meine Eltern haben gesagt, das ist doch seine Sache. Herrn Mücke meine ich.

Wenn meine Schwester mir sagen würde, daß sie so ist, würde ich das erst mal nicht glauben. Ich kann mir das gar nicht vorstellen. Bei mir überhaupt nicht. Quatsch, ich würde nicht auf der Stelle tot umfallen. Ich stelle mir das eklig vor.

Da waren mal zwei Lesben auf der Schule, aber die kannte ich nicht mehr. In unserer Klasse würden die Jungs auf solchen rumhacken. Die hacken auf alle, die nicht so cool erscheinen. Obwohl Herr Mücke hier ist, würde sich niemand getrauen, zu sagen, ich bin so.

Maik, 15

Einen Schwulen habe ich mir eigentlich so vorgestellt, daß er immer mit den Jungens zusammenhängt, daß sie sich küssen und auch immer umarmen. Manche ziehen sich aber auch wirklich komisch an, wie eine Frau, und schminken sich auch so. Herr Mücke macht das nicht.

Bei meinem Vater in der Firma ist einer, und alle sagen, der zieht sich komisch an. So weiblich, was so Frauen tragen. Als Herr Mücke uns das sagte, habe ich gedacht, wenn er so denkt, dann ist das so. Herr Mücke ist ganz normal und ein guter Lehrer. Ich habe keinen Schock gekriegt, warum denn?

Ob einer als Lehrer gut ist oder schlecht, das hängt doch nicht mit schwul oder nicht zusammen. Wenn einer den Lehrer nicht leiden kann, dann braucht er nur über ihn in der Schule alles breitzutreten. Die lachen den Lehrer aus, und er kommt dann immer mit einem schlechten Gefühl an die Schule oder so.

Schwule Sau hab ich auch schon gesagt. Vor Wut, weil derjenige was Schlimmes gemacht hat. Ich weiß es nicht mehr genau, aber ich habe das vor lauter Wut einfach rausgeschrien. Ich glaube schon, daß ich wußte, was schwul bedeutet. Aber was ich richtig damit gemeint habe, weiß ich nicht mehr.

Aus unserer Klasse kann ich mir niemand schwul vorstellen. Die benehmen sich wie immer, chaotisch und verrückt. Ein schwuler Junge würde nicht so großmäulig sein, nicht so rausschreien: Ich habe keine Lust auf Schule. Etwas mädchenhafter.

Wenn sie das sagen, wird es schon stimmen. Vielleicht verkraftet manch einer das nicht und ist besonders rüplig deshalb. Weil er sauer auf sich ist. Na ja, das soll es ja geben.

Ich würde nie in der Klasse herausposaunen, daß ich schwul bin.

Bei lesbisch ist das bestimmt anders. Bei denen ist es gar nicht so schlimm, da ist das so was wie Selbstbefriedigung. Ich finde es da nicht so schlimm, warum, das weiß ich auch nicht.

Sexuelle Kontakte hatte ich noch nicht.

Alexander, 14

Ich habe das nie von Herrn Mücke selber gehört, weil ich krank war, als er vor der Klasse darüber erzählt hat. Ich habe es ein halbes Jahr nicht geglaubt, weil er sich nie so benommen hat. Vor zwei Monaten kam das Gespräch noch mal drauf, jetzt akzeptiere ich das einfach so.

Wenn ich das bei mir mitkriegen würde, wäre ich erst mal erschrocken. Komisch, aber ich denke, daß ich eigentlich ganz normal weiterleben würde. Das ginge, denke ich.

Erst mal würde ich nachdenken und es keinem sagen. Dem, dem ich es dann sagen würde, den muß ich genau einschätzen können. Weil ja davon so viel abhängt. Sagt er's gleich weiter, bin ich ja erledigt. Dann würde ich vielleicht noch zu einer Beratungsstelle gehen, um mich richtig beraten zu lassen.

Ein Unglück wäre es nicht, aber freuen würde ich mich auch nicht.

Wenn es bei meinen Geschwistern so wäre, würde ich die beruhigen. Auf keinen Fall würde ich sie auslachen oder kränken. Ich würde ihnen sagen, daß sie sich jetzt nicht schlecht fühlen müssen, daß sie nun nicht unnormal sind.

Ich würde auch sagen, warten wir noch ein paar Tage. Erst wenn du dir vollkommen sicher bist, gehen wir zusammen in eine Beratungsstelle. Daß es die gibt, weiß ich von Herrn Mücke. Ach so, wenn du willst, sagen wir es zusammen unseren Eltern. Das wär mein Vorschlag.

In „Bravo" hab ich darüber schon gelesen.

SCHWULE ÜBER IHRE SCHULZEIT

Renee, 21

Ich war an zwei Oberschulen. An der ersten gab's einen Musiklehrer, von dem jeder wußte, der ist schwul. Seine Autorität war gleich Null. Alle haben ihre Späße mit ihm gemacht – besonders ich. Ich war vierzehn, fünfzehn Jahre alt. Ich habe ihn nach Strich und Faden verarscht, weil ich es mit ihm machen konnte. Ich war der erste, der irgendwelche Witze über ihn gemacht hat – antischwule Witze, klar. Heute weiß ich, das funktionierte nur deshalb, weil er nicht zu seinem Schwulsein stand.

An der anderen Schule gab's einen Sportlehrer – noch grotesker. Jedes Jahr kündigte der seine Hochzeit an. Wir haben uns darüber halb krank gelacht.

Von mir wußten sie, ich war inzwischen total out. Das war der i-Punkt. Da mich die Klasse so akzeptierte, fanden die Leute sein Getue nur blöd und ließen ihn Spießruten laufen.

Es war in der Klasse total okay, daß ich bei Kunstbildern immer irgendwelche schwulen Themen aufgriff. Die haben das regelrecht von mir erwartet und mich dabei unterstützt.

Conrad, 19

Als Lehrling habe ich in der Pause einmal einen Jungen aus einer anderen Klasse in Schutz genommen, der offensichtlich schwul war. Sofort war ich auch als Schwuler verschrien. Ja sicher, es ist negativ bewertet worden.

Ich hätte offen dazu stehen können, mir wäre sicherlich nichts passiert, doch so weit war ich eben noch nicht. Mit achtzehn habe ich meinen Ohrring rechts getragen. Links ist cool, rechts ist schwul, das wußten damals die meisten. Da sind dann sofort die Nachfragen gekommen. Bei Leuten, die ich kannte, hab ich mich geoutet, bei anderen bin ich ausgewichen.

In der Lehre gab es einen schwulen Lehrer, der machte auf Scheinhetero. Ich bin ihm einmal in der Szene begegnet. Ich fand ihn lächerlich, auf der anderen Seite konnte ich verstehen, daß er dem ganzen Tratsch damit aus dem Wege ging.

Ich bin sehr dafür, was jetzt in Brandenburg an den Schulen läuft. Der Gleichstellungsbeauftragte in Potsdam rührt auch an den Schulen eine Menge ein. Ich habe auch schon eine Aufklärungsveranstaltung in einer Schule mitgemacht. Es ist für viele unheimlich wichtig bei der Selbstfindung, daß an der Schule Lehrer und auch Schüler out sind. So eine

Anlaufstelle kann sogar lebensnotwendig für einige sein. Ich kann mit einem Erwachsenen reden, der Ahnung hat und einen nicht gleich anbaggert. Und wenn er mir nur eine Adresse gibt, wohin ich mich wenden kann. Das fehlt echt. Ich stelle mir Lesben- und Schwulenpolitik so vor, daß schon im Kindergarten mit der Aufklärung begonnen wird. Fassen sich mal zwei Jungs gegenseitig an den Penis, wird heutzutage der ganze Kindergarten alarmiert.

„Bravo" habe ich auch gelesen. Man steht nicht ganz allein da, dieser Effekt kommt. Ich finde, es müßte endlich mal weitergehen. Diese Fragen – Ich habe mit einem Kumpel onaniert, bin ich nun schwul? – greifen viel zu kurz. Diese Ebene war mir bald widerlich. „Bravo" hat mir in keiner Weise geholfen. Mir geht auch dieser Schwule aus der „Lindenstraße" nur noch auf die Nerven.

Ich bin überhaupt mit diesem Staat sehr unzufrieden. Was mich hier hält, ist mein Engagement in der Lesben- und Schwulenpolitik.

Von der ungebrochenen Kraft der Klischees

Schwule Bilder, Bilder über Schwule

Das Gegenstück zum Herrenballett
ist der Damenfußballverein.
Volksmund

Gern und oft bestätigen schwule Männer einander, wie gewaltig sich ihr ästhetisches Empfinden doch von dem der Allgemeinheit unterscheidet. Schon in früher Kindheit seien sie der Umgebung wegen ihres ungewöhnlichen Interesses an den schönen Dingen und den Künsten aufgefallen. Liefen die Klassenkameraden direkt nach Schulschluß auf den Fußballplatz, nahmen sie den Weg nach Hause. In ihren Zimmern versenkten sie sich in die aufregende Welt der Märchen- und Abenteuerbücher, griffen zu Farben und Pinsel und tuschten ihre blühenden Phantasien auf schneeweißes Papier. Viele erinnern sich, im Alter von sieben, acht Jahren ihre ersten Verse geschrieben zu haben.

Es heißt, dieses frühe Interesse – man ist sich da sehr, sehr sicher – gab später auch den Ausschlag für die Wahl eines künstlerischen Berufes oder legte zumindest den Grundstein für eine das ganze Leben andauernde tiefe Beziehung zu den schönen Künsten.

Auch als Rezipienten seien schwule Männer irgendwie stilsicherer, ihre Urteile treffender, oft schon zu einem Zeitpunkt, an dem andere – die Heterosexuellen – mit Kunst noch so gar nichts am Hut hätten. Diese ausgesprochen frühe ästhetische Sicht auf die Dinge des Lebens korrespondiere mit einer enormen Sensibilität, ohne die gute Kunst überhaupt nicht machbar und wohl auch nicht wirklich rezipierbar sei.

Vermutlich sei diese künstlerische Ader eine erlesene Mitgift, die vielen homosexuellen Männern (die homosexuellen Frauen bleiben außen vor!) in die Wiege gelegt worden sei.

Genüßlich zählen sie die Namen der „Großen Männer" aus der jahrtausendealten Kulturgeschichte der Menschheit auf, die auch so gewesen sein sollen. Einen nach dem anderen, von der Antike bis in die unmittelbare Gegenwart. Dabei lächeln sie subversiv.

Die Botschaft aus dem schwulen Salon ist eindeutig: Männer, die Knaben lieben, sind eine tragende Säule der Weltkultur. Männer, die Männer lieben, erfüllen trotz Diskriminierung und schnöder Verfolgung ihre kulturelle Mission in dieser ach so brutalen Welt.

Das Muster dahinter, ein über die Jahrhunderte fortgesetzter Versuch: die Aufwertung des chronisch niedrigen Selbstwertgefühls homosexueller Männer über die Stilisierung zur heimlichen Elite der Nation in einer christlich-heterosexuell geprägten Kultur.

Daß der „gewöhnliche Homosexuelle" in unserer geschriebenen Kulturgeschichte nicht vorkommt, heißt noch lange nicht, daß es ihn nicht gegeben hat. Homosexuell empfindende Männer und Frauen gab es schon immer und gibt es auch heute in allen Schichten der Bevölkerung. Sehr verschieden – je nach Zugehörigkeit zu Klassen und Schichten – war allerdings die Art und Weise, wie sie ihre Homosexualität auslebten.

*

Travestie-Stars füllen inzwischen auch die Säle von Dorfgaststätten und garantieren hohe TV-Einschaltquoten. Das Publikum reagiert verzückt: Wie echt „Gloria Paris" doch die Dietrich kopiert, und es spendet artig Beifall, wenn der Herrenstimmenimitator „Willi" den in die Jahre gekommenen Frank Sinatra gibt.

Wo auf dieser Welt Schwule Kabarett machen, stöckeln Tunten auf den Bretteln herum. Ganz Frau, bringen sie zwei Dinge garantiert nicht: Fußballspielen und mit den Fingern pfeifen.

Sind Lesben die Macher, ächzen sehr wahrscheinlich die Bühnenbretter unter den schweren Schritten der in schwarzer Motorradkluft herumstolzierenden „Kerls". In der Linken halten sie den Motorradhelm, die Zigarre in der Rechten.

Das Publikum weiß Bescheid und lacht sich halbdämlich, es ist doch zu komisch: Frauen kommen männlicher als „richtige Männer" daher, und Männer im schicken Fummel bewegen sich graziöser als „richtige Weiber". Es ist zum Brüllen, die Lachmuskeln geraten außer Kontrolle, das Publikum steht „kopp" und klatscht sich vergnügt auf die Schenkel.

Hier haben wir es doch wieder, schwarz auf weiß: Schwule sind verkappte Weiber und Lesben Mannweiber.

Die Verführung, diesen Ausschnitt aus der Lebenswelt der Homosexuellen für das Ganze zu halten, den Schein mit der Wirklichkeit zu verwechseln, ist groß. Hinzu kommen die Reduzierung der Homosexuellen in verschiedenen Medien auf ihre sexuellen Bedürfnissse und die akribischen Katalogisierungsversuche der Wissenschaft. Ständig wird auf diese Weise ein Bild reproduziert, das im Bewußtsein der Menschen wie ein Naturgesetz präsent ist. Ein Schwuler ist so, eine Lesbe so!

Eine Lehrerin kommt hinzu, wie zwei Jungen aus ihrer dritten Klasse schreiend zwischen den Bänken hin und her jagen und „schwule Weiber, schwule Weiber!" rufen.

Als sie den beiden erklärt, daß eine Frau, die eine andere Frau liebt, eine Lesbe ist, bemerkt sie die Ratlosigkeit auf den Kindergesichtern. Eigentlich meinten die Jungen schwule Männer, denn die verhalten sich nach ihrem Verständnis weibisch. Was den beiden gar nicht in den Kopf will: daß Frauen auch Frauen lieben können. Bei der Vorstellung fangen die Jungen an zu kichern.

Klischees sind bequem und haben den großen Vorteil, daß sie vom „gesunden Menschenverstand" sofort erfaßbar sind. Wer schaut ein zweites Mal hin, wenn schon der erste Blick „alles" offenbart? Da stellt sich möglicherweise nur noch heraus, daß es die Lesbe und den Schwulen gar nicht gibt. Am Ende könnten dann noch Jeder-Mann und Jede-Frau so sein.

*

Der Mythos des Besonderen wird auch von anderen Seiten bedient. „Das beste Publikum, das ich je erlebt habe“, resümiert die am Ende ihrer Karriere angelangte Operndiva in der mitternächtlichen Talk-Show. „Diese Treue“, schwärmt sie und schließt genüßlich die Augen, „bringen nur diese Menschen auf.“

Kein Zeitgeistmagazin, daß in den letzten Jahren nicht in aller Ausführlichkeit über das Besondere an den Homosexuellen berichtet hätte, über die pikanten Extras, die lesbischen und schwulen Sex so anders machen. In den Verkaufsstrategien der Medien ist der Unterhaltungswert von Lesben und Schwulen eine kalkulierbare Größe geworden, längst ist das „Besondere“ einiger gleichgeschlechtlicher Paradiesvögel zu dramatischen Schicksalen aufgeblasen – zur gefälligen Zerstreuung einer apathischen Leserschaft.

Der gewöhnliche Alltag von Lesben und Schwulen ist nur selten Gegenstand der Berichterstattung. Das Gros der deutschen Medienmacher winkt Ausgang des 20. Jahrhunderts nur müde ab. „Eigentlich habe ich nichts gegen Lesben und Schwule – aber auch nichts für!“ kommentiert ein einflußreicher Journalist diese Feststellung.

Daß Lesben und Schwule in den Medien nicht mehr als Freiwild gehandelt und gnadenlos abgeschossen werden, ist wirklich ein Fortschritt. Die zeitgemäße Homophobie kommt liberal daher. Nur wer genau hinhört, registriert diese leichte Gereiztheit im Tonfall der Schreiber: Was wollen die denn noch, die Lesben und Schwulen?

Eine Journalistin überschreibt ihren Artikel: Jetzt wollen Lesben und Schwule auch Kinder adoptieren! Die ehrlichere Überschrift wäre „Was zu weit geht, geht zu weit!“ gewesen.

Nach brutaler, offener Gewalt ist die Ignoranz der realen Bedürfnisse von Lesben und Schwulen die wirksamste Form von Diskriminierung in diesen Land.

Während das von den Blättern und Fernsehanstalten erwählte exklusive Häufchen der Lesben und Schwulen – das

Siebentel des Eisbergs, das aus dem Wasser ragt – freiwillig für regelmäßigen Nachschub an bunten Geschichtchen sorgt, decken Journalisten den verbleibenden Rest des Informationsbedarfs mit dem spektakulären sexuellen Mißbrauch eines Pfarrers an einem zarten Chorknaben ab.

Die gewöhnlichen Homosexuellen – die restlichen sechs Siebentel unter der Wasseroberfläche – starren derweil auf ein Vexierbild: Wo komme ich vor?

Lesben, Schwule in Werkhallen, Büros und Chefetagen

Einmal geoutet, immer erpreßbar?

Damit hat sich der Totalitätsrausch der Päpste zu einem geistigen Delirium gesteigert.
Uta Ranke-Heinemann zur Moral-Enzyklika des Papstes 1993

Was tun Millionen Lesben und Schwule in der Bundesrepublik Deutschland in der Zeit, in der ihre kreativen Artgenossen Kunst schöpfen und die Opernfreunde unter ihnen gerade wieder einmal der verehrten Altistin Y hinterherreisen?

Sie arbeiten, sofern sie einen Arbeitsplatz haben! Im Osten Deutschlands kümmern sich viele gerade – so wie ihre heterosexuellen Mitbürger auch – um die Sicherung ihrer Existenz. Die Jüngeren sind auf der Suche nach einem ordentlichen Ausbildungsplatz, die Älteren, die der wirtschaftliche Umbruch aus ihrer bisherigen Existenz herauskatapultiert hat, bewegen sich zwischen Umschulung, Frühpensionierung und Arbeitslosigkeit.

Immer mehr – auch lesbische Mütter mit Kindern – leben von staatlicher Unterstützung. Jüngere Lesben und Schwulen ziehen in den Westteil der Republik, da der Arbeitsmarkt dort nicht ganz so eng sein soll.

Lesben und Schwule verdienen sich ihren Lebensunterhalt in den verschiedensten Berufen. In Architektenbüros, in Supermärkten, bei der Polizei, in Autowerkstätten, Boutiquen und Operationssälen. Über Homophobie am Arbeitsplatz könnten sie eine Menge erzählen. Die Berufsgruppen, die in ihren Reihen keine Lesben und Schwule wähnen, irren sich ebenso wie die Homosexuellen in ihren „Nischenberufen". Auch im Herrenballett gibt es immer einen, der so ganz anders als die dort herrschende Mehrheit „schläft".

Die Arbeitsbereiche unterscheiden sich allerdings sehr deutlich, was das Ausmaß an offener und verdeckter Homophobie angeht. Beispiele für geradezu groteske offene Formen der Homophobie produziert die katholische Kirche tagtäglich. Ist man bei der Bundeswehr bei den Mannschaftsdienstgraden noch um eine gewisse Scheinliberalität bemüht, wütet Homophobie in den Dienstgraden darüber auch offen und unwidersprochen von der obersten Führung. Schwule werden dort immer noch rücksichtslos „entfernt", sobald ihre Homosexualität öffentlich wird. Das Bundesverwaltungsgericht befand im letzten Jahr, daß „homosexuelle Beziehungen in der Bundeswehr unter keinen Umständen geduldet werden können, weil sie zu Eifersucht führen und somit die soldatische Gemeinschaft sprengen".

Die Situation in den Führungsetagen der deutschen Wirtschaft, im Staatsapparat, in der Justiz, in Kliniken, im Sport und in der etablierten Parteienlandschaft dürfte am ehesten mit folgendem Slogan umrissen sein: Einmal geoutet, immer erpreßbar!

Typisch für das Klima in deutschen Werkhallen und Großraumbüros ist Mitte der neunziger Jahre eher eine verdeckte Homophobie.

Homosexuelle und Bundeswehr

Aus dem Verteidigungsministerium in Bonn ist zu hören, daß Homosexuelle in der Bundeswehr nicht „pauschal" diskriminiert werden. Auch von Diskriminierung in Einzelfällen kann nicht die Rede sein, da in den wenigen Fällen, wo „Vergehen im Zusammenhang mit Homosexualität" doch zu Disziplinarverfahren führten, es sich um sexuelle Beziehungen zwischen Vorgesezten und Untergebenen handelte. Denn auch anders geartete „private Beziehungen" zwischen Vorgesetzten und Untergebenen, die die Kampfkraft der Truppe beeinträchtigen, werden disziplinarisch geahndet.

Wie auch immer, Vorgesetzte, die in außerdienstliche Abhängigkeiten zu ihren Untergebenen geraten, sind von denen erpreßbar. Eine „einwandfreie Lebensführung", die von allen Vorgesetzten in der Bundeswehr erwartet wird, ist mit einer homosexuellen Veranlagung so gut wie ausgeschlossen.

„Wer davon ausgeht, daß ein Verbot automatisch eine Diskriminierung ist, macht es sich zu leicht, der stellt jegliche Gesetze und Verfügungen in der Gesellschaft in Frage", antwortet ein Offizier der Bundeswehr in einer öffentlichen Diskussion auf die Frage nach der Diskriminierung Homosexueller im Bund. „Oberstes Gebot ist die Schlagkraft der Truppe", fügt er hinzu, und sein Gesicht drückt aus, daß er mit seiner Antwort äußerst zufrieden ist. Die Lacher im Publikum scheint er nicht wahrzunehmen.

Geist und Organisation der Bundeswehr basieren auf Ablehnung und Ausgrenzung der Homosexuellen. Was hat sich in diesem militärischen Machtapparat so grundlegend verändert, daß seine Führung behaupten kann, „Homosexualität ist heutzutage für einen Rekruten kein Grund mehr zur Ausmusterung"? Gibt es etwa keine homophoben Vorgesetzten und „guten" Kameraden mehr, die sich einen Schwulen „mal so richtig vorknöpfen"? Wo ist die Verfügung, die einen Schwulen ausdrücklich schützt, auf die er sich im Notfall auch berufen kann?

Der Schwule, der nicht mehr bereit ist, sein Schwulsein zu verbergen, und auch der Schwule, der es selbst unter größten Anstrengung nicht verbergen kann, sind der Homophobie in der Truppe ausgeliefert. So gesehen ist die Äußerung „Homosexualität ist kein Grund zur Ausmusterung mehr" bewußte Irreführung der jungen Rekruten.

Einen Weg, sich Untauglichkeit attestieren zu lassen, gibt es: bei „ausgeprägten sexuellen Deviationen mit Beeinträchtigung der Gemeinschaftsfähigkeit".

Homosexuelle und Kirche

Ein dramatisches Bild: Die Menschen laufen den Kirchen davon, weil ihre Lebensrealität von den Kirchen nicht zur Kenntnis genommen wird. Viele homosexuell lebende Menschen fühlen sich von ihren Kirchen allein gelassen. Veränderung ist dringend nötig.

Die Zeichen stehen hoffnungsvoll – zumindest in der evangelischen Kirche. Heute gibt es in Hamburg eine Bischöfin, es gibt Pastoren, die aus ihrer Homosexualität kein

Geheimnis mehr machen. 1977 traten zum ersten Mal schwule Christen und lesbische Christinnen unterschiedlicher Konfession auf dem Deutschen Evangelischen Kirchentag in (West-)Berlin auf. Das war die Geburtsstunde der HuK, der ökumenischen Arbeitsgruppe Homosexuelle und Kirche (HuK) e. V., die heute über 800 Mitglieder in 30 Regionalgruppen hat. In der DDR markierte im Januar 1982 eine Tagung der Evangelischen Akademie Berlin-Brandenburg den Beginn der kirchlichen Homosexuellenarbeit und den Neubeginn der Lesben- und Schwulenbewegung in den achtziger Jahren. Im April wurde in Leipzig in der Evangelischen Studentengemeinde der erste Arbeitskreis Homosexualität gegründet. Im Lutherjahr 1983 wurde auf allen regionalen Kirchentagen in der DDR Homosexualität thematisiert und mit den Teilnehmern diskutiert.

Als ein sichtbares Zeichen der Arbeit der HuK und der Arbeitskreise Homosexualität ist die Erklärung der Kirchenleitung der Evangelischen Kirche in Berlin-Brandenburg vom 2. August 1991 zur Gewalt gegen Homosexuelle zu werten. Darin heißt es:

„Gerade Minderheiten dürfen nicht ausgegrenzt werden. Ihre Menschenwürde ist unbedingt zu achten. Homosexualität ist – wie wir heute wissen – weder sündhaft noch krankhaft, sondern ein Ausdruck menschlicher Sexualität. Die Ausgrenzung homosexuell geprägter Menschen hat in unserer Gesellschaft eine lange, leidvolle Vorgeschichte. Wir bedauern, daß daran auch die christliche Kirche eine erhebliche Mitschuld trägt. Das Schweigen von Christen in der Nazizeit zu der Ermordung Homosexueller in den Konzentrationslagern ist ein Teil dieser Mitschuld. Deshalb haben wir allen Anlaß, aus dieser Geschichte zu lernen. Toleranz ist geboten, gerade auch gegenüber dieser Minderheit.

Wir bitten daher unsere Gemeinden, homosexuelle Mitchristen als Schwestern und Brüder anzunehmen."

Taten müssen folgen, denn mit dieser Erklärung sind natürlich die Vorurteile gegenüber Homosexuellen in der Kirche nicht automatisch beseitigt. Sie ist auch noch lange nicht Allgemeingut der Evangelischen Kirche in Deutschland.

Zwischen konservativen und liberalen Christen tut sich ein schmerzhafter Riß auf. Jeder Schritt ist das Ergebnis zäher und harter Auseinandersetzungen. Die gläubigen Homosexuellen finden sich nicht damit ab, Christen zweiter Ordnung zu bleiben. Sie wollen nicht nur Pastoren sein dürfen, sondern mit ihren Lebenspartnern auch in den Pfarrhäusern leben. Wichtig ist, daß der Dialog in der Kirche fortgeführt wird.

Was die katholische Kirche angeht, gibt es nichts Neues zu berichten. Sie weigert sich, das 20. Jahrhundert überhaupt zur Kenntnis zu nehmen, wie der neu erschienene Weltkatechismus belegt. Hoffnung geht allein von ihren Mitgliedern aus, denn auch in der katholischen Kirche ist die Basis dem römischen Kopf um Jahrhunderte voraus.

„Schwule ticken“ – im dunklen Park lauern die Schläger

Von den Gefahren im schwulen Alltag

Es ist erschreckend, in welchem Ausmaß weite Kreise der Bevölkerung der Schwulenfeindlichkeit in diesem Lande noch unkritisch und gleichgültig gegenüberstehen. Doch für antischwule Gewalt darf es kein Verständnis geben. Übergriffe und Straftaten gegen Schwule dürfen von Staat und Gesellschaft nicht toleriert werden. Auch die Diskussion über die Ursachen der antischwulen Gewalt darf nicht länger tabu sein. Hierzu sollten „Arbeitskreise gegen die Gewalt“ gebildet werden. Reformbedürftig ist aber auch das Sexualstrafrecht.

Walter Hiller
Niedersächsischer Sozialminister

Welche Gründe ein Täter im einzelnen auch haben mag, bei Gewaltanwendung gegen Homosexuelle trägt die gesellschaftliche Stigmatisierung der Lesben und Schwulen in ihrem Lebensalltag ganz entscheidend dazu bei, daß aus einem geplanten Verbrechen ein verübtes Verbrechen wird. Der Weg von der Planung bis zur Ausführung gerade dieser Verbrechen ist besonders kurz, da kein Gesetz in deutschen Familien, Schulen, Büros Fabrikhallen, Kasernen und Gefängnissen Lesben und Schwule vor offener und verdeckter Diskriminierung schützt. Kriminalisierung und Ausgrenzung sind üblich. Selten, daß andere Anwesende sich schützend vor Lesben und Schwule stellen, wenn sie mit einem „deutlichen Wort“ auf ihren Platz am Rande der Gesellschaft verwiesen werden.

Auffällig ist der Wortschatz, mit dem die Abwertung transportiert wird. Hier sprechen auf einmal der Müllkutscher und der Vorstandsvorsitzende des Großunternehmens die gleiche Sprache. Dahinter verbirgt sich kein Zufall, sichtbar wird – für den, der seine Augen nicht verschließt – das ganze Ausmaß heterosexueller Arroganz und Borniertheit.

In seiner Studie „Antischwule Gewalt in Niedersachsen" hat der Berliner Journalist Jens Dobler eine umfangreiche Untersuchung zur antischwulen Gewalt in diesem Bundesland vorgelegt. Die Analyse widerlegt das Klischee „heterosexueller Täter – wehrloser Schwuler" und ermöglicht damit eine neue Sicht auf das lange Zeit pathologisierte Verhalten von schwulen Männern in Gewaltsituationen. 50 % der befragten Opfer setzten sich zum Teil heftig zur Wehr.

Was das unsolidarische Verhalten vieler Schwuler gegenüber Gewaltopfern in Parks und Toiletten betrifft, so unterscheidet sich deren „Wegsehen" doch wohl so sehr nicht von dem Verhalten der Insassen in einem hell beleuchteten U-Bahn-Abteil am frühen Abend, die ebenfalls wegschauen oder eilig aussteigen, wenn ein Fahrgast – von wem auch immer – tätlich angegriffen wird.

Dobler verweist auch auf die ausgeübte Gewalt gegen homosexuelle Kids in Familien, Schulen und Freizeitgruppen, die ohne Zweifel Realität ist, doch bisher nicht Gegenstand ernst zu nehmender Untersuchungen war.

Kids, die aufgrund ihrer intoleranten Umgebung mit ihren sexuellen Bedürfnissen im „underground" leben müssen, sind gezwungen, frühzeitig Überlebensstrategien zu entwickeln. Das reicht von der Schutzgeldbegleichung in Naturalien an den Klassenstärksten bis zum Aufbau schützender Koalitionen in der Familie und in der Freizeitgruppe.

Erst wenn das innere Coming out abgeschlossen ist, die Gewißheit, lesbisch oder schwul zu sein, da ist, sollte der Schritt aus dem Versteck in die familiäre oder schulische Öffentlichkeit – das äußerliche Coming out – erfolgen. Kids, denen in dieser Situation erfahrene Lesben und Schwule zur Seite stehen, werden die Gefahren, die damit verbunden sind, besser einschätzen und abwehren können. Die optimale Variante ist der Eintritt in eine Coming-out-Gruppe. Das gemeinsame Finden der Identität unter Gleichaltrigen führt zu einer enormen Stärkung des Selbstwertgefühls und der Widerstandskaft.

Heinz Uth, Kriminalhauptkommissar, Ansprechpartner der Berliner Polizei für gleichgeschlechtliche Lebensweisen
Ganz klar, es ist ein Experiment. Der Gesichtspunkt, unter dem die Polizei diese Stelle installiert hat, ist eindeutig kriminalpolizeilicher Art. Das muß man so deutlich sagen: Ich bin nicht Sozialarbeiter, ich bin Polizist. Es geht in erster Linie um die Aufhellung des Dunkelfeldes der Gewalt gegen Schwule. Lesben werden auch Opfer von Gewalt, aber sie werden es in ihrer Rolle als Frau – was nichts besser oder einfacher macht.

Die Schwulen nennen mich „der Schwulenbeauftragte". Ja, das ist eine Vereinnahmung. Von den Lesben werde ich kaum angenommen – leider. Ich habe keine Schwierigkeiten mit ihnen, die mit mir schon – weil ich ein Mann bin. Das hängt mit der Entwicklung der Frauenbewegung nach 1968 hier in Berlin zusammen. Daß ich heterosexuell bin, spielt nicht die Rolle. Die Lesben aus dem Ostteil der Stadt haben diese Vorbehalte nicht. Gleich zu Beginn hatte ich ein Aha-Erlebnis. Nach einer Veranstaltung im Sonntags-Club in Ost-Berlin wurde ich von einer Lesbe umarmt. Das ist mir im Westen noch nie passiert.

Wer hat vor Jahren schon offen über antischwule Gewalt geredet? Niemand, nicht einmal die Schwulen selber. Es war ein Tabuthema. Ende der Achtziger hatte sich das in Berlin stark verändert. Ich sehe dafür verschiedene Ursachen. Berlin war schon immer die Hauptstadt der deutschen Homosexuellen, und hier haben sie sich auch am lautesten zu Wort gemeldet.

Es gab damals ein Ereignis, bei dem die Polizei ziemlich schlecht aussah. Die Medien griffen die Sache auf, die Schwulen wurden deutlich, einige Politiker schalteten sich ein, mit einem Male kreiste das Thema in vielen Köpfen, auch in solchen, die etwas bewirken konnten. Eine Überlegung drängte bis nach ganz oben: Wenn das wirklich so ist, dann haben wir als Polizei so etwas wie eine Bringeschuld gegenüber den Homosexuellen. Vielleicht wurde das am

Anfang nicht ganz so deutlich ausgesprochen, aber für die Einrichtung meiner Stelle war das der entscheidende Grund. Übrigens auch für mich der Grund, weshalb ich die Arbeit angenommen habe.

In meiner Funktion arbeite ich seit Oktober 1990, anfangs halbtags, seit Mai 1992 voll.

Als Polizei haben wir in unserer Demokratie auch die Aufgabe, Minderheiten zu schützen. Gerade in einer Zeit vermehrter Gewaltanwendung trifft es insbesondere Opferkreise, die sich selbst nicht so gut schützen können. Alte Menschen, Frauen, Ausländer, Schwule und auch junge Leute. Das Vorgehen der Täter schließt Zufälligkeit bei der Wahl der Opfer aus. Sie gehen nach streng kapitalistischen Maßstäben vor: Die Verhältnismäßigkeit des Einsatzes zum Aufwand muß günstig sein. Was nun die Schwulen angeht, so haben die meisten Täter ein klar umrissenes Bild von diesen Opfern: Schwule wehren sich nicht, sind körperlich nicht gut drauf, sind ängstlich, und sie sind vermögend. Bis hierher stimmt das Bild mit anderen Opfergruppen überein. Der entscheidende Unterschied liegt darin: Sie erstatten keine Anzeige bei der Polizei, zumindest sehr selten. Das Resultat liegt auf der Hand. Die Polizei erfährt kaum etwas davon und kann weder in Richtung Opfer noch Täter präventiv vorgehen.

Warum eigentlich nicht? Jede alte Frau, der die Handtasche geklaut wird, geht zur Polizei, um sich helfen zu lassen. Schwule scheuen sich vor diesem Gang. Meine Erfahrung ist, das „Sichnichtwehrenwollen oder -können" hat was mit der Sozialisation der Schwulen zu tun. Als Schwuler wachse ich in einem Umfeld auf, das einen Dauerdruck auf mich ausübt. Ich habe gar keine Chance gegen diese Übermacht, also wehre ich mich auch erst gar nicht. Ich finde mich mit dem Druck ab, weil ich nichts dagegen ausrichten kann. Das geht schon in der Schule los. Ich habe Aussagen von ausgeraubten Schwulen, die sind geradezu grotesk. „Wie soll ich mich denn wehren?" „Ich habe mich noch nie gewehrt."

Hinzu kommt eine gewisse Blauäugigkeit. Ich wundere mich schon – nach all den Jahren bei der Polizei –, in welche

Gefahren Schwule sich freiwillig begeben, ohne die Situation vorher zu durchdenken. Ich vermute, sie bewegen sich in einem Teufelskreis. Sie werden so leicht Opfer, weil sie selbst daran glauben. Irgendwann werden sie es auch. Sie zeigen die Tat nicht an, und damit schließt sich der Kreis. Einigermaßen erklärbar ist das nur mit der enormen Verunsicherung, in der viele Schwule leben. Gelingt es uns doch einmal, an Täter heranzukommen, erschrecke ich jedes Mal über diese ganze Dynamik. Heraus kommt, daß die Täter seit längerem Schwule überfallen und nicht eine Anzeige gegen sie vorliegt. Schwule wehren sich nicht, Schwule zeigen nicht an. Das bestätigt sich wieder und wieder, unter den Schwulen-Klatschern weiß das jeder. Sie beobachten die Tatorte danach und sind überhaupt nicht verwundert, wenn der ausgeraubte Schwule von gestern schon wieder durch den Park streift. Schwule sind eben so. Unverfroren schildern die Täter ihre Beobachtungen.

Etwas zugespitzt: Schwule, die zentnerschwere Säcke stemmen können, lassen sich von zwei mickrigen Siebenjährigen wegputzen wie die Streichhölzer.

Von jedem, der sich heute mit seinem Auto im Straßenverkehr bewegt, wird verlangt, daß er Gefahrensituationen einschätzen kann. Passiert doch was, verhält man sich so und so. Das Nachdenken muß ich auch von einem Menschen verlangen können, der sich nach Mitternacht in einem Park oder in einer dunklen Toilette aufhält. Ich verlange, daß er sich vorher damit auseinandersetzt, was kann mir dort passieren und was mache ich im Notfall. Fehlanzeige, die meisten benehmen sich wie die hypnotisierten Kaninchen.

Ich stelle es mir schon spannend vor, in der Dunkelheit Menschen kennenzulernen. Allerdings würde ich meine Freundin nicht in der Dunkelheit suchen. Schwule denken da eben anders, denn sonst würden sie ja das Risiko nicht eingehen. Ich hätte Angst, ich suche mir meinen Täter selber. Das würde alle anderen Gefühle kaputt machen.

Ich kann nur annehmen, wenn Schwule sich an diese Orte bewegen, blenden sie automatisch bestimmte Gefahren aus, um sexuell draufzubleiben. Der Nervenkitzel wirkt ganz bestimmt erotisierend. Höchstwahrscheinlich ist das sehr hetero gedacht.

Ob heterosexuelle Männer sich in einem dunklen Park ebenso verhalten würden, in dem Frauen sich anbieten, ohne dafür Geld zu nehmen?

Spontan antworte ich darauf „Nein!". Ich denke, dazu gehört eine Art Tradition, die es so im heterosexuellen Leben nicht gibt. Selbst wenn ich zwanzig Jahre jünger wäre, würde ich sofort denken: Halt, da stimmt doch etwas nicht! Was ich umsonst kriege, ist mir sowieso suspekt. Genauer: Umsonst gibt es nichts. Als Hetero versagt da meine Phantasie.

Mich erinnert so eine Situation an Trapper und Indianer im Dunkeln – es muß nicht alles im Hellen passieren.

Ich weiß inzwischen, daß diese Form der Schwulenkultur schon Jahrhunderte Tradition hat. Von den Parkanlagen in Berlin waren einige schon vor 1900 bekannte Schwulentreffpunkte. Sie waren es auch in der Nazizeit, wo einer, der erwischt wurde, dafür ins Konzentrationslager kommen konnte. Dahinter muß ein ungeheurer Trieb stecken.

Das ist schon etwas Einmaliges. Das werden wir nicht verändern, weil es von sehr vielen Schwulen gewollt wird. Wir können und wollen es nicht verändern. Diese Schlußfolgerung ist für meine Arbeit sehr wichtig. Wir wollen sie für die Gefahren dort sensibilisieren und sie auch schützen, ohne gegen sie repressiv zu werden. Schon möglich, daß es sich in sich überlebt. Ich beobachte, die Tradition wird von den jungen Schwulen angenommen. Wenn man bestimmte Treffpunkte aufsucht, wundert man sich, wie jung die Leute dort sind. Von Strichermilieu keine Spur, da läuft nichts über Bezahlung. Dort sind Schwule unter sich, und zwar eben junge Schwule.

Offenheit im Elternhaus, miteinander reden, das ist die beste Prävention. Allgemeinlösungen gibt es keine. Unter den Opfern ist alles vertreten. Von der Klemmschwester, wie man so schön sagt, bis hin zum offen lebenden Schwulen, der keine Probleme mehr damit hat, zum Polizeirevier zu gehen. Ich merke sehr genau, daß die, die selbstbewußt und offen mit ihrem Schwulsein umgehen, sich in der Gefahr und auch danach anders verhalten. Wie die Mehrzahl der Opfer eben, die zumindest versuchen, sich zu wehren, und unterliegen sie trotzdem, wenden sie sich an die Polizei. Sie brechen aus ihrer Isolation aus und verlangen nach dem Selbstverständlichsten – nach Hilfe.

Der isolierte Schwule bleibt ganz allein, er verkriecht sich in sich. Die Begegnung mit der Gewalt macht sein Leben noch komplizierter, als es schon ist. Er kann nicht mit Gleichgesinnten darüber reden und dabei verarbeiten. Die Nachsituation stellt sich für den Selbstbewußten völlig anders. Wir können alle täglich Opfer von Gewalt werden, das stimmt, aber wir können besser damit umgehen. Für uns ist es selbstverständlich, uns helfen zu lassen, wenn uns das passiert. Wir werden getröstet und mit Mitleid bedacht. Wer ist schon dazu bereit, wenn er hört, daß ein Schwuler im Park zusammengeschlagen wurde?

Eltern sollten begreifen, sie schützen ihre Kinder am besten, wenn sie sie annehmen, wie sie sind. Für viele junge Schwule haben Park und Toilette einen starken Reiz. Die Eltern, die zu ihrem Jungen sagen könnten: Paß auf, wenn du da hingehst! Rechne damit, daß da nicht nur Wohlgesinnte rumrennen. Du begibst dich in Gefahr – diese Eltern liegen richtig. Passiert wirklich was, kann das Kind es mit den Eltern gleich bereden. Das „Danach" ist dann viel einfacher.

Eine Beobachtung gehört aber unbedingt dazu. Schwule, die so einem Angriff entkommen, zeigen keinerlei Solidarität. Anstatt beim Wegrennen andere Schwule zu warnen oder sich vereint zu wehren, ziehen sie sich schweigend zurück.

Komme ich zu diesem Punkt bei meinen Gesprächen mit Schwulen, kriege ich was von einem Prediger: Wehrt euch und übt Solidarität untereinander! Was ich in meinem Beruf erlebe, steht im Gegensatz zu meinen anderen Erfahrungen. Als Leistungssportler und Trainer habe ich Schwule kennengelernt, die sehr wohl zu extremen körperlichen Leistungen fähig waren.

Von Eltern, die auch der Aids-Tod des Kindes nicht aussöhnt

Das Virus pfeift auf Moral

Wenn ein schwuler Junge oder ein lesbisches Mädchen vermittelt bekommen, daß Homosexualität verachtenswert ist, könnten sie eine HIV-Infektion als verdiente Strafe betrachten und möglicherweise darauf verzichten, sich und andere davor zu schützen.

Earvin „Magic“ Johnson:
AIDS
Was du tun mußt, damit du es nicht kriegst, wenn du es tust

STIMMEN

Annegret Arokiasamy, Krankenschwester
Ich habe fünf Jahre mit Infizierten und Kranken gearbeitet. Ich habe versucht, die Patienten auch psychosozial zu betreuen, sie von der Ankunft bei uns bis zu ihrem Tod zu begleiten. Schräg gegenüber der Ambulanz liegt die Station, auf die sie kamen, sobald es ihnen schlecht ging.

Ich hab nach ihnen geschaut, Sachen für sie erledigt und, wenn sie mit den Ärzten und Schwestern nicht klarkamen, mich für sie stark gemacht. Sie wußten, ich war als Ansprechpartner für sie da. Ich wollte mehr als nur irgendwelche Kanülen legen und Blut abnehmen. Ich wollte den ganzen Menschen sehen, Körper und Seele. Diesen schwulen Background konnte ich nur über Gespräche mit ihnen erfahren. Wann spricht man schon mit Patienten über Sexualität? Ich suchte Beziehungen.

Erst nachdem ich sie länger kannte, habe ich mir erlaubt, sie ganz direkt zu befragen. Ich wollte nicht diese lächerlichen Fragen stellen, die sie sich so oft gefallen lassen mußten. Diese lächerlichen Verhöre, die in einem Ton geführt werden, der eigentlich nur beleidigend ist.

Ich merkte sehr schnell, hier ist eine Patientengruppe, die offen ist für viele Fragen. Diese Kombination Frau – Schwuler klappte bestens, ganz im Gegensatz zu der Kombination Mann – Schwuler. Etwas genauer: heterosexueller Arzt – schwuler Patient.

Einige der Ärzte haben nur süffisant gelächelt, wenn die Patienten über ihre schwule Sexualität und über ihre Triebhaftigkeit gesprochen haben. Für mich war das keine Schwatzhaftigkeit, sondern ein Angebot, sie und ihre Krankheit besser kennenzulernen. Ein Patient hat mir einmal was über einen unserer Ärzte vorgeschwärmt. Was das doch für ein toller Mann ist, wie gut der aussieht. In meiner Ahnungslosigkeit habe ich diesem Arzt darüber erzählt und ironisch ausgedrückt, wie sehr ich ihn beneide.

Sehe ich denn so aus? fragte er mich daraufhin. Ich brauchte eine Weile, bis ich mitbekam, es war ihm wirklich ernst mit der Frage. Daß ein Schwuler ihn toll finden konnte, war ihm ausgesprochen unangenehm, ja peinlich. Als ich ihm daraufhin sagte, daß er nicht anders als viele Schwule aussehe, die ich inzwischen kennengelernt hatte, war er echt beleidigt. Von diesem Tag an hatte er Schwierigkeiten mit dem Patienten und wollte ihn abwimmeln. Ich war enttäuscht und reagierte entsprechend: Nun sage ich ihm gar nichts mehr!

Eine Kollegin erwischte ich dabei, wie sie einen Kasten, in dem wir Kondome für die Besucher anboten, immer wieder umdrehte, nachdem ich ihn zum wer weiß wievielten Male ordentlich hingestellt hatte. Sie ertrug das Foto nicht, das vorn auf dem Kasten angebracht war: ein Penis und ein nackter Hintern.

Wenn die Menschen die Diagnose hören, bedeutet das ja heute immer noch, sie werden sterben. Es ist ihnen bewußt, denn sie sind gut informiert. Viele denken mit und liefern sich den Medizinern nicht total aus. Sie sind es, die eine partnerschaftliche Beziehung zu den Ärzten einfordern und manchmal auch durchsetzen. Einfacher gestaltet sich das mit schwulen Ärzten und mit lesbischen Ärztinnen, die sich auf ihren Arbeitsplätzen selbst geoutet haben. Da fallen die Berührungsängste flach.

Die Einstellung von einigen Schwulen hat mich schon irritiert. Ich konnte nichts damit anfangen, wenn sie mir beinahe lustig erzählten, daß sie ihre verräterischen Hautflekken einfach zuklebten, solange sie die noch zählen konnten, um weiterhin Sex mit anderen zu machen. Es hat gedauert, bis ich mich zu der Einstellung durchgerungen hatte, daß immer zwei dazugehören und wer sich schützen will, selbst dafür Sorge tragen muß. Jeder hat die Verantwortung für sich selber. Es ist schon richtig, daß diese Eigenverantwortlichkeit sehr früh entwickelt werden muß. Geschehen kann das nur in den Familien und Schulen. Mein jüngster Patient ist bereits mit achtzehn gestorben.

Seltsam fand ich auch die Gelassenheit, mit der einige ihre Krankheit ertrugen. Kaum einer, der einen Schuldigen suchte. Es war ihnen egal. Wozu auflehnen, wozu einen Schuldigen suchen – es ist halt eine Strafe Gottes. Wenn es mich erwischt hat, dann geschieht mir das ganz recht. Fixer reagierten ähnlich. Auch schwule Paare, die nicht genau wußten, wo sie sich angesteckt hatten, habe ich nicht wütend aufeinander erlebt. Ich war regelrecht erschrocken und dachte: Das ist Selbstzerstörung.

Starken Groll habe ich nur bei den wenigen heterosexuellen Patienten erlebt, die sich bei einer Prostituierten angesteckt hatten und der nun ständig die Schuld zuschoben. In diesen fünf Jahren habe ich in der Ambulanz einen Vater erlebt, der, als sein Sohn wirklich krank war, ihn täglich zu unserer Sprechstunde begleitete. Der war zu seinem Sohn, wie man sich das vorstellt. Sonst ist nie einer aufgetaucht, nie. Mütter ja, aber nie ein Mann, ein Vater. Wirklich nie.

Ich vermute, die schämten sich für einen schwulen Sohn, der obendrein noch Aids hat.

Den Kontakt mit den Sterbenden auf der Station hielten meistens die Mütter. Einige haben ihren Jungen gepflegt und ihn zum Sterben nach Hause geholt. Die Mehrzahl der Patienten kamen aus Westdeutschland.

Der Sterbende akzeptierte gewöhnlich, daß der Vater nun mal so ist. Wenn sie Groll verspürten, dann haben sie ihn zurückgehalten. Ich erinnere mich, daß die Väter für die

Sterbenden eigentlich unwichtig waren, sie waren kein Thema. Auf meine Nachfrage bekam ich sehr ähnliche Auskünfte. Den gibt's, aber der kümmert sich nicht mehr um mich, kein Kontakt, wie sind noch nie miteinander klargekommen, Vater hat sich total ausgeklinkt.

Mütter, die von weither angereist kamen, reagierten mit Unverständnis, wenn die Söhne ihre letzten Stunden lieber mit ihren Freunden verbringen wollte. Die Mutter redete vor sich hin: Er ist so komisch geworden.

Eine Katastrophe gab es, wenn die Eltern vor ihrem sterbenden Sohn standen und erfaßten, ihr Sohn ist schwul und hat Aids. Sie stürzten ab, im wahrsten Sinne des Wortes. Bevor sie aus diesem Loch rauskamen, war der Junge meist schon verstorben. Die meisten Eltern werden ja erst gerufen, wenn es soweit ist.

Auf Wunsch des Patienten haben wir gegenüber seinen Eltern aus Aids einen „normalen Krebs" gemacht. Selbstverständlich.

Mathias, Sozialarbeiter

Wie streift man einen Kondom über? Das war eine von den Fragen, die sofort auf Interesse stieß. Ich hatte einen Holzpenis bei, alle durften einmal spielen. Ich hab nebenher geredet, was mir so einfiel: Ein Kondom kann schon stören, der Schwanz geht bei den meisten auch ein bißchen runter, weil man so rumfummeln muß und so. Das ist aber nur am Anfang so. Es muß erlernt werden. Ein Extra-Tip für die Mädchen. Man kann ein Kondom auch mit dem Mund überstreifen. So – ich hab es ihnen einfach vorgemacht. Verhaltenes Gekicher im Klassenraum.

Das Gekicher rührt doch aus dieser Verunsicherung. Eltern behindern die Kids an dieser Stelle eher, als daß sie ruhig und sachlich aufklären. Wenn überhaupt, dann haben die Kids bisher mit dem besten Freund oder der Freundin mal darüber gesprochen.

Nach der Stunde fiel mir erst auf, daß ich automatisch in ihren Ton reingekommen war. So ein streng abgehobener, wissenschaftlicher Ton, da schalten sie schnell auf Durchzug. Sie merken nach fünf Sätzen, ob du authentisch bist oder nur eine Quasselziege.

Sich schützen lernen ist für Kids unheimlich schwierig. Das geht los bei den gutgemeinten Zärtlichkeiten der Eltern: Ach, nun komm, mein Kleiner, strubbel, strubbel. Verweigern sich die Kids, hören sie: Ach, du bist aber undankbar.

Da die meisten Eltern auf diesem Fleck blind sind, müßte die Schule den Kids beibringen, wie sie sich am besten schützen können. Ich denke mir, das muß man genauso trainieren wie das richtige Überstreifen eines Kondoms.

Alle reden von dem bösen Fremden auf der Straße, der die Kids mit der großen Tafel Schokolade in die Büsche lockt und sie dort vornimmt. Das kommt vor, ich will diese Gefahr nicht vom Tisch fegen, aber das Ausmaß ist doch im Verhältnis zur Gewalt gegenüber Kids in den Familien geradezu lächerlich.

Generell gilt, der Selbstschutz ist bei den Kids schlecht entwickelt, weil die Erwachsenen wenig Interesse daran haben. Mag sein, daß viele Eltern es sich wünschen. Doch dabei bleibt es leider viel zu oft, weil sie nicht wissen, wie sie ihrem Kind helfen können.

Wenn ich über die Einschränkung des Infektionsrisikos rede, kann ich darüber so ordentlich reden wie ein Beamter vom Seuchenschutz, Punkt für Punkt. Erfolgreich ist für mich was anderes. Ich muß die Leute auftauen, das gilt für die Kids in den Schulen genauso wie für die Schwulen, die ich in ihren Kneipen und auf den Treffpunkten in den Parks daraufhin anspreche. Ich scheue mich nicht zu sagen, daß ich HIV-positiv bin und es mit großer Sicherheit nicht wäre, wenn ich mich rechtzeitig geschützt hätte.

Viele schauen mich an, als hätte ich nicht alle Tassen im Schrank, wenn ich laut sage: Eltern, die sich gegen die Aufklärung ihrer Kinder stellen, müßte man wegen unterlassener Hilfeleistung verklagen dürfen.

Renee, 21

Ich bin praktisch mit Aids groß geworden. Das heißt, ich kannte es gar nicht anders. Seit der siebenten Klasse war

Aids schon Thema. Ich kann ohne Kondom gar nicht, außerdem finde ich es mit Kondom viel geiler. Ich habe den Schutz drauf, und das ganze Gerede, daß es mit Kondom keinen Spaß macht, ist für mich persönlich nebensächlich geworden. Ganz selten, das von uns hier in der Selbsthilfegruppe einer betroffen ist. Safer-Sex ist selbstverständlich.

Helfen ist besser als Jammern

Eltern als Geburtshelfer beim Coming out ihrer Kinder

500 000 Kinder leben in Obdachlosensiedlungen oder schlechten Wohnverhältnisse, 1,8 Millionen sind auf Sozialhilfe angewiesen. Zudem leben mehrere tausend Kinder – besonders in Großstädten – ohne Eltern oder Betreuung auf der Straße. Auf Probleme reagieren immer mehr Kinder mit psychischen Symptomen wie Kontaktunfähigkeit oder Gewalttätigkeit. Die deutsche Gesellschaft mag ihre Kinder nicht.

Hilgers, Präsident des Deutschen Kinderschutzbundes

„Ich bin homosexuell!" Die Ungeheuerlichkeit ist ausgesprochen!

Liebe Eltern, Ihnen steht der Schrecken ins Gesicht geschrieben. Atmen Sie erst einmal kräftig durch, oder beantragen Sie meinetwegen auch bei ihrem Kind eine Auszeit. Bevor Sie zu der Mitteilung ihren Kommentar geben, überdenken Sie wenigstens dreimal, was Sie Ihrem Kind antworten werden. Und wenn die Auszeit zwei Tage und länger andauern sollte, bestehen Sie darauf. Selbst wenn Sie sich zu den aufgeklärten Menschen zählen, sobald das eigene Kind betroffen ist, stehen Sie vor einer komplizierten Situation.

Ihr Impuls, Ihr Kind davor zu schützen und zu bewahren, ist allzu verständlich, denn Ihr Kind wird sein Leben unter Verhältnissen leben, die immer noch als homophob bezeichnet werden müssen. Nur Rabeneltern wünschen Ihren Kindern Kummer und Leid. Sie – jedenfalls die meisten von Ihnen – haben sich in Ihrem bisherigen Leben nie wirklich mit Homosexualität auseinandersetzen müssen. Und wenn, dann höchstens am Rande. Woher sollen Sie eine tolerante Einstellung gegenüber Lesben und Schwulen haben, da diese in dieser Gesellschaft noch immer ausgegrenzt werden?

Schieben Sie alle Ängste und Bedenken beiseite und würdigen Sie das Vertrauen Ihres Kindes. Es hat Ihnen etwas anvertraut, womit es selbst sehr schwer klarkommt. Wen sollte Ihr Kind sonst in seine Konfliktsituation einbeziehen? Ihr Kind handelt nicht aus einer Laune heraus, es benötigt Hilfe und Unterstützung. Erinnern Sie sich an Ihre eigene Jugend und die damit verbundenen Probleme der Selbstfindung. Es war schwierig genug, obwohl Sie sich in der Heterosexualität zurechtfinden mußten. Freuen Sie sich, daß Sie das uneingeschränkte Vertrauen des Kindes besitzen, und bewerten Sie die Tatsache als echten Erziehungserfolg für sich.

STIMMEN

Frau Schobes

Ich las in der Zeitung einen Artikel über die Aids-Hilfe in Magdeburg und habe mich daraufhin dort gemeldet. Wir haben uns ausgiebig unterhalten, ich habe von meinem Sohn erzählt, der schwul ist. Die Probleme mit Aids haben mich interessiert, und ich habe mich für eine Mitarbeit interessiert. Schließlich geht Aids nicht nur Schwule an.

Bei der Arbeit lernte ich viele Schwule kennen, die mir ihre Geschichten erzählten. Einige wurden von den Eltern rausgeschmissen, als die mitbekamen, daß ihr Sohn schwul ist, andere überlegten hin und her, ob sie sich zu Hause offenbaren sollten. Einer – Sven – hatte es getan, und nun hatten seine Eltern große Schwierigkeiten, obwohl sie sich bemühten, ihren Sohn zu verstehen. Ich habe der Mutter ausrichten lassen, daß ich mich gern mit ihr unterhalten würde. Gekommen sind der Vater und die Mutter.

Damit war der Grundstein für die Gruppe gelegt. Wir wollten nicht nur Eltern ansprechen, sondern auch Jugendliche beraten, wie sie am besten mit ihren Eltern über die Homosexualität reden könnten. Wir haben uns als Selbsthilfegruppe eintragen lassen und hatten dadurch die Möglichkeit, Geld und einen Raum zu beantragen.

Ein Fünfzehnjähriger kam, und bald war seine Mutter

auch da. Sie suchte Rat in einer ganz konkreten Sache. Die Familie stand kurz vor einem Umzug nach Westdeutschland, und da sie den Jungen bei uns gut aufgehoben wußte, wollte sie, daß er vorerst in M. blieb. Wir rieten ihr, den Jungen mitzunehmen, da sie für ihn inzwischen eine echte Unterstützung war.

Wir haben in der noch kleinen Gruppe miteinander diskutiert. Was wird aus den Jugendlichen, die neu in der Szene auftauchen, wie kommen wir an sie heran? Denn das ist schließlich die Voraussetzung, um helfen zu können. Jeder hat ja eine ganz eigene Geschichte, die Kinder und die Eltern auch. Wenn wir darüber gesprochen haben, haben wir auch unser Selbstverständnis erweitert. Wir wollten helfen, aber ein Konzept, wie diese Hilfe konkret aussehen sollte, hatten wir am Anfang nicht.

Steffen ist so ein Beispiel, daß das, was an so einem Coming out dranhängt, auch in die anderen Lebensbereiche eingreift. Die Eltern haben sich Sorgen darüber gemacht, daß Steffen arbeitslos war, und als er Arbeit hatte, haben die ihm dort die Pistole auf die Brust gesetzt. Du bist schwul, haben sie gesagt, da möchten wir bitte einen Aidstest. Ich habe mich kundig gemacht und rausbekommen, daß die Forderung gesetzwidrig war. Was Aids betrifft, da spielen sich die Leute auf, weil sie immer noch davon ausgehen, die es betrifft, sind Schwule.

Die Frage blieb: Wie erreiche ich die jungen Leute, die gar nicht wissen, daß es uns gibt?

Es waren mir zu wenig, die sich bei uns blicken ließen. Ich habe das Interview in der Zeitung gegeben, und prompt kamen Briefe. Ein Elternpaar schrieb mir, daß sie ihren Sohn vor Jahren aus dem Haus getrieben haben und daß sie inzwischen ihren Standpunkt schon leicht verändert haben. Sie wünschten mir viel Glück in meiner Arbeit und wollten über ein Treffen mit mir nachdenken. Auch Eltern haben sich gemeldet, die die Vermutung hatten, daß ihr Kind homosexuell sein könnte.

Ein tauber Junge schrieb mir einen Brief. Ich habe geantwortet, sein zweiter Brief ist inzwischen bei mir angekommen. Demnächst wollen wir uns treffen. Wie wir miteinander hinkommen, weiß ich noch nicht. Ich habe auch nicht den Ehrgeiz, alles alleine abzufangen. Ich schicke sie auch in diese oder jene Gruppe, die inzwischen hier existieren.

Am kompetentesten fühle ich mich den Eltern gegenüber, weil ich als Mutter eigene Erfahrungen mit meinem schwulen Jungen habe. Ich habe die Reaktionen meines Mannes auf das Schwulsein seines Stiefsohnes erlebt und wie er damit fertig geworden ist. Heute unterstützt er mich in der Gruppenarbeit.

Die Gruppe existiert nun bald ein Jahr. Ich muß mich auf die Eltern einstellen, das ist mir klar. Sie können nicht sofort in aller Breite und Ausführlichkeit reden. Das Thema ist ihnen ja fremd, und genau deshalb muß Offenheit nicht gleich die beste Lösung sein. Ich respektiere ihre Ängste und Hemmungen und lasse mich auf die kuriosesten Umwege ein. Das Wort homosexuell bringen einige nicht über die Lippen. Das ist kein Grund für mich, sie sofort zu korrigieren und besserwisserisch von Lesben und Schwulen zu reden. Ich lasse ihnen erst einmal Zeit, irgendwann kommen wir schon zum Kern. Sie beginnen zu reden, wenn sie sich auf Hilfe einlassen können. Eigentlich mache ich ihnen Mut, ihr Kind so anzunehmen, wie es ist. Stolz kann ich sein, wenn die Eltern dahintersteigen, daß ihr Einfluß in dem Maße wieder zunimmt, wie sie den Jungen oder das Mädchen akzeptieren lernen.

Die Menschen hier sind sehr verklemmt, es ist so schwer, an sie heranzukommen. Andererseits erinnere ich mich, daß ich auch erst sehr viel begreifen mußte. Wir hatten zu Hause einen Schuhverkäufer, den nannten alle Fräulein L. Der lebte mit seiner Mutti und war unwahrscheinlich liebenswürdig und höflich – man ging gerne in den Laden. Das verstehst du nicht, war die Antwort meiner Mutti auf meine Nachfrage. Später wurde sie etwas genauer: Das ist ein Homo! Ich hatte immer noch nichts verstanden.

Mein Vater hatte eine gute Meinung von diesen Leuten. Ordentlich, sauber, akkurat, das waren Worte, an die ich mich erinnere. Ich vermute, daß seine Meinung sich auf mich übertragen hat. Allerdings, als ich ein paar Jahre später zwei Tänzer vom Theater auf der Straße sah, stand für mich fest: Homos sind weibische Männer – Punkt. Es hat gedauert, bis ich meine Vorurteile los war. Mit der Tuckigkeit einiger Schwuler hatte ich so meine Schwierigkeiten. Ich wußte nicht, sind die so oder geben sie sich nur so. Das hat mich verunsichert. Ich konnte nicht begreifen, daß das Gehabe ihnen Spaß macht, daß sie es mögen. Es dauert immer noch, bis ich in so einer Situation begreife: Ach, das ist ja ein Spaß. Es hat bei mir ähnliche Reaktionen hervorgerufen wie Frauen, die vor lauter Geziertheit und Affigkeit nicht wissen wohin. An Übertreibungen mußte ich mich erst gewöhnen.

Es gibt Erfahrungen, an denen kommen die Leute nicht vorbei – ein Glück auch. Bei uns im Ort übernahmen zwei Schwule eine Gaststätte – das war noch zu DDR-Zeiten. Die machten in kürzester Zeit ein Schmuckstück aus dem Dreckladen. In meiner Arbeit als Kindergärtnerin habe ich mich immer zu den schwierigen Kindern hingezogen gefühlt. Ein Helferkomplex – meinetwegen. Ich lebe auf, wenn ich Probleme vor mir sehe.

Was manche Eltern mit ihren Kindern veranstalten, das grenzt schon an fahrlässige Tötung. In der Aids-Hilfe tauchte ein sechzehnjähriger Bengel auf, der zu Hause ausgebüxt war. In seiner Familie galt die Devise: so oder so, dazwischen durfte es nichts geben. Das stimmte eigentlich gar nicht, da es in diesem Falle – der Junge hatte ihnen sein Schwulsein anvertraut – für die Eltern keine Alternative gab. Sie versorgten ihn, er lernte fleißig auf dem Gymnasium. Nun das! Ausgangsverbot zog nicht, dann sperrten sie ihn ein, er fand immer wieder einen Weg rauszukommen. Mein Mann setzte sich mit den Eltern in Verbindung. Sie ließen ihn zwar rein, aber beharrten stur darauf, ihr Junge muß wieder normal werden, bevor sie ihn wieder annehmen können. Ihre Sturheit hat den Jungen in die Gosse getrieben. Er geht nicht mehr in die Schule und treibt sich auf den Toiletten rum. Das Abitur hat er längst in den Wind geschrieben, ab und zu landet er beim Kindernotdienst. Es ist sicherlich nur eine Frage der Zeit, bis er auch „drückt".

Es ist grotesk, aber jetzt passiert genau das, was die Eltern dem Jungen vorausgesagt haben: Wenn du nicht auf uns hörst, landest du mitten im Dreck. Sie fühlen sich in ihrer Dummheit und Ignoranz bestätigt.

Ich habe ihnen mehrere Einladungen geschickt, aber sie kamen nicht. Mit Schwulen und Aids wollten sie nichts zu tun haben. Mein Mann ist hin auf die Arbeitsstelle der Mutter, um sie einmal alleine zu sprechen. Dabei stellte sich heraus, daß sie schon bereit wäre, aber die Angst vor ihrem Mann hielt sie zurück. Er hatte sie eiskalt vor die Wahl gestellt: Entweder ich oder der Junge! Dazu stellte er eine plausible Rechnung auf: Das Kind hast du achtzehn Jahre im Haus, mich ein Leben lang. Sie ist eine schwache Frau und hat sich gegen den Jungen entschieden.

Ich spreche von keinem Einzelfall. Der Weg zu uns ist für die Kinder schwer, da sie immer wieder für kurze Zeit von Freiern ausgehalten werden, die sie aus den verschiedensten Gründen nach einer gewissen Zeit wieder loswerden wollen. Manche gehen, wenn sie hören, was in der Großstadt Berlin alles möglich ist.

Herr Schröer

Wir sind, seitdem wir vor fast drei Jahren anfingen, immer nur eine kleine Gruppe geblieben. Das liegt an dem hiesigen Menschenschlag. Die Menschen machen lieber die Probleme mit sich selber aus, und sie fahren abends nicht gerne weit. Auch verhalten sich die hiesige Presse und die katholische Kirche, die im Münsterland eine wichtige Rolle spielt, reserviert bis ablehnend gegen diese Thematik.

Für die meisten Eltern bricht eine Welt zusammen, wenn sie erfahren, daß ihr Sohn oder die Tochter homosexuell ist. Zum Teil haben Eltern auch abenteuerliche Vorstellungen von Homosexuellen. Bis 1968 wurde Homosexualität strafrechtlich besonders scharf verfolgt. Dadurch hat sie auch heute noch den Anstrich des Zwielichtigen. Und diese Bilder nähren die Angst: Mein Kind rutscht ab in eine zweifelhafte Szene, mein Kind wird zur Tunte.

Zum Glück sind wir eine Gruppe – wahrscheinlich die

einzige in der Bundesrepublik –, die jährlich von einer gemeinnützigen Stiftung hier in Münster finanziell unterstützt wird. Ich bin für die organisatorischen Dinge zuständig und beantworte auch Fragen von Eltern, die wegen der Homosexualität ihres Kindes mit ihrer Religion in Konflikt geraten. Ein Tiefenpsychologe und Therapeut aus unserer Gruppe fängt zunächst die Probleme auf, die sie zu uns führten. Er genießt bei den Eltern aufgrund seiner Erfahrungen und Fähigkeiten große Anerkennung.

Wir hatten immer mehr Mütter als Väter in der Gruppe. Eltern von Lesben tauchen ganz selten auf. Ich denke, weil ihre Sexualität bis heute nicht so ganz ernst genommen wird. Warte mal, bis der richtige Mann kommt, der wird den Schaden schon reparieren, so denken viele Eltern immer noch.

Zu den monatlichen Treffen kommen etwa bis zu drei Familien, die Väter schicken ihre Frauen oftmals vor. Sehr hilfreich ist für die Eltern, das betonen sie stark, der Austausch ihrer Probleme mit den anderen Eltern. Vor allem die, die schon länger zu uns kommen, stehen den „Neuen" hilfreich zur Seite. Ich spüre immer wieder eine gewisse Traurigkeit bei den Eltern über die Situation, die man ihnen kaum nehmen kann. Die Beziehung zu dem Kind entspannt sich, wenn sie zu uns kommen, aber die Hoffnung, es könnte doch noch einmal anders werden, die bleibt in vielen Eltern haften.

Mich überrascht, daß trotz Aids von einigen Eltern feste Partnerschaften abgelehnt werden. Ich vermute, weil sich bei häufigerem Partnerwechsel die Angelegenheit besser kaschieren läßt und man sich nicht mit einem „Schwiegersohn" auseinanderzusetzen hat, der nur noch mehr Verwirrung in die Familie hineintragen könnte.

Für die hiesigen Eltern ist die religiöse Komponente ein wichtiger Bereich. Wie steht meine Kirche dazu, was sagt die Bibel? Für einen religiösen Menschen wichtige Fragen. Es mag in anderen Gebieten besser aussehen, doch das Münsterland und ganz besonders das Oldenburgerland sind in dieser Hinsicht noch „schwarzkatholisch".

Man hört auch von Begebenheiten, die für uns hier geradezu unglaublich klingen. Eine Mutter soll sich mit ihrem Sohn an der Hand auf den stadtbekannten Hügel begeben und die dort herumstehenden Männer um Starthilfe für den Jungen gebeten haben.

Homosexualität kann auch eine Chance sein!

Wie aus dem „Nachteil" ein „Vorteil" werden kann

Das Glück deines Lebens hängt von der Beschaffenheit deiner Gedanken ab.
Marc Aurel

Die Gründe, Kindern ein ausschließlich heterosexuelles Lebensbild zu vermitteln, haben sich in den letzten Jahrhunderten nicht wirklich verändert: Weiterhin ist Heterosexualität gesund, natürlich, gottgewollt, schließlich würde ohne Fortpflanzung die Menschheit aussterben, und außerdem empfindet die große Mehrzahl der Menschen heterosexuell. Das Gegenteil gilt nach wie vor für die Homosexualität: Krank, unnatürlich, von Gott ungeliebt, sie gefährdet den Erhalt der Menschheit, und zum Glück ist nur eine Minderheit davon betroffen. Das genügt, damit Erziehung in Familien und Schulen, wie eh und je, die permanente Verführung zu heterosexuellen Lebensformen geblieben ist.

Wer nun den ersten Stein auf Eltern wirft, die ihre Kinder mit allen ihnen zur Verfügung stehenden Mitteln vor dem „Übel Homosexualität" bewahren wollen, vergißt, daß Mütter und Väter eben dieser Erziehung auch einmal ausgesetzt waren.

Eltern, die ihre Kinder vor dieser Variante der Sexualität bewahren wollen, leben in der Gewißheit, für ihre Kinder das „Beste" zu tun. Objektiv fügen sie ihnen großen, oft nicht wiedergutzumachenden Schaden zu. Die Tragik ist gleichsam vorprogrammiert. Ist nämlich Homosexualität im Spiel, gestalten sich die Beziehungen zwischen Eltern und Kind sehr oft nach dem Muster der großen Familiendramen: Obwohl alle das Beste wollen, führt die Konfliktlösung unweigerlich in die große Katastrophe.

Auch Ausgang des 20. Jahrhunderts ist Erziehung die

permanente Verführung zur Heterosexualität geblieben. Immer noch wird gleich nach der Geburt erst einmal die Unterscheidung der Geschlechter äußerlich festgemacht. Mädchen tragen rosa, Jungen hellblau. Sobald die Händchen der Jungen zufassen können, werden ihnen Bauklötze gereicht, und sie werden angehalten, nicht gleich zu weinen, wenn sie sich an deren Ecken stoßen. Schon kleine Mädchen füttern und windeln ihre Babypuppen, die inzwischen essen, weinen und pinkeln können, und erhalten Komplimente für die umsichtige Versorgung ihrer Puppenkinder.

Die Geduld der Kids den Erwachsenen gegenüber ist riesig, sie spielen lange mit. Es dauert Jahre, mitunter passiert es auch nie, bis ihnen endlich der Geduldsfaden reißt. Ist das geschehen, sind sie nicht länger bereit, weiterhin eine Erfahrung auszublenden, die sie im Verlaufe der Kindheit ebenfalls gemacht haben: Wohlverhalten und Anpassung haben ihren Preis.

Ob vor, während oder nach der Pubertät, das Wohlwollen der Erwachsenen war nur durch die Unterdrückung eines Teils der eigenen Bedürfnisse zu bekommen. Oft ein nervender, aufwendiger Kraftakt, der einerseits Zuwendung einbrachte, andererseits Frust, Ödnis und die Langeweile nach sich zog, die das Erdulden von Fremdbestimmung seit jeher mit sich bringen. Der Widerwillen nahm ständig zu und lagerte sich ab in den Seelen der Kids.

Insgeheim probten die Kids den Aufstand! Hundertmal – allein und mit Freunden – haben sie den ersehnten Befreiungsschlag phantasiert, den ersten ernsthaften Ausbruchversuch starteten sie gewöhnlich erst dann, wenn die Gruppenzwänge in Schule und Clique die Spielregeln der Erwachsenen total ad absurdum geführt hatten oder Schäbigkeit und Tristesse von (der) Überanpassung durch die emotionale Wucht der ersten großen Liebe nicht mehr zu überspielen waren.

Ist der kritische Punkt erreicht, schlägt das Pendel aus. Oft erfolgt der Aufbruch von einem Tag zum anderen. Mutter und Vater verschlägt es die Sprache – ist das unser Kind? Die Lehrer in der Schule fühlen sich vor den Kopf gestoßen – wie ist das nur möglich? Den Protest der Kids erleben sie als pure Provokation. Ihnen fehlt der Schlüssel, um sich einen Zugang zu der großen Verzweiflung zu verschaffen, die das Kind dahin getrieben hat.

Die Ablösung von den Eltern nimmt Formen an, die so niemand gewollt hat. Die Kids verweigern sich gänzlich, sie reden nicht mehr, fegen die gutgemeinten Kompromißangebote vom Tisch und verlassen das Haus mit unbekanntem Ziel.

Kids, deren gleichgeschlechtliche Bedürfnisse immer wieder auf eine Wand aus Ablehnung stoßen, gehen mit ihren nicht akzeptierten Gefühlen entweder in den Untergrund/Illegalität oder suchen ihr Heil in der Flucht.

Beide Möglichkeiten bieten Chancen zum Überleben. Vorausgesetzt, die Kids verwandeln die destruktiven Erfahrungen, die sie beim „Schwimmen gegen den Strom" gemacht haben, nicht in Aggressionen gegen sich selbst oder kämpfen ohne Aussicht auf Sieg, da der Gegner zu übermächtig ist.

Den Kids, die sich in eine Auseinandersetzung einlassen, eröffnet sich aber auch die Möglichkeit – zumindest in den großen Städten – den homophoben Beton aufzubrechen, mit dem ihre Gefühle von klein auf zubetoniert wurden.

Homosexualität kann auch eine echte Alternative, eine Chance sein für die Kids, die sich voll auf ihre eigenen Gefühle verlassen, die im „Sichausprobieren" die Bannmeile überwinden und deren Selbstwertgefühl im Clinch mit der homophoben Umgebung eher zu- als abnimmt. Diese Kids, die ihre eigenen Gefühle zur Meßlatte erheben, haben im Vertrauen auf die Schönheit dieser Gefühle Erfahrungen gemacht, die gleichaltrigen Heterosexuellen kaum oder viel schwerer zugänglich sind:

Die Dogmen der Moral sind verlogen! Es sind Konstruktionen, von Menschen geschaffen, um andere Menschen zu unterdrücken. Wer so eine existentielle Erfahrung am eigenen Leib durch hat, verstärkt mit dieser Erkenntnis sein kritisches Verhältnis auch gegenüber allen anderen Dogmen, die zur Einengung der Wirklichkeit führen. Außerdem wird er vorsichtiger in seinen Urteilen anderen Menschen gegenüber. So gesehen ist Homosexualität eine Chance zu mehr Menschlichkeit.

Ein Erfolg, den die in den letzten zwanzig Jahren in beiden Deutschlands etablierte Homosexuellenbewegung für sich verbuchen kann, ist der Ausbruch der Lesben und Schwulen aus der gesellschaftlich verordneten Isolation. Auch für die Kids ist es endlich möglich geworden, sich Hilfe zu holen. Sie holen sich Rat in eigens dafür geschaffenen Informations- und Beratungseinrichtungen oder organisieren sich in Coming out-Gruppen.

Die Hoffnung mancher Kids, daß die Verwirrung ihrer Gefühle sich mit dem Ende der Pubertät ganz von allein wieder geben, erfüllt sich in einigen Fällen tatsächlich.

Vielen Mädchen und Jungen gelingt es als Erwachsenen dann auch, ihre gleichgeschlechtlichen Träume und Erlebnisse so zu verdrängen, daß sie eines Tages auch aus der Erinnerung gelöscht sind. Als wären es gar nicht sie gewesen, die „damals" den Freund oder die Freundin begehrten und verführten.

Wenn zutrifft, was der amerikanische Sexualwissenschaftler Kinsey schon in der Mitte des Jahrhunderts herausbekommen haben will – daß nämlich die Mehrzahl der Menschen im Verlaufe des Lebens sowohl hetero- als auch homosexuell empfindet –, dann bestünde die reale Befreiung der menschlichen Persönlichkeit in der Befreiung aus dem starren „Entweder-Oder-Muster" und in der Hinführung zu „Sowohl-Als-Auch-Mustern".

STIMMEN

Norbert, 21

Für mich ist Schwulsein eine fundamentale Sache. Die Chance, mich aus dem Weltbild meiner Eltern auszuklinken. Seitdem ich mit Jungen ins Bett gehe, stelle ich all diese Kisten infrage. Die wunderbaren Familienwerte, die wunderschönen Ehegeschichten. Es gibt Momente, wo ich mir sage: Ach ja, so hast du auch mal gedacht. Danach habe ich ein wunderbares Gefühl.

Ich führe ein anderes Leben – viel freier – als meine gleichaltrigen heterosexuellen Bekannten, die auf Beruf, Heirat und Kinderkriegen fixiert sind.

Die Sexualität ist doch nur die Basis für mein Coming out. Ich hab den ganzen Hetero-Kram nach und nach durchschaut. Von diesen angeblich so großen Werten ist einer nach dem anderen weggerutscht. Verglichen mit vorher, habe ich mich sehr emanzipiert.

Sabrina, 19

Manchmal dachte ich, damit krieg ich sie aus ihrer Ecke. Das schadet euch gar nichts, strengt euch ruhig mal ein bißchen an. Das war 'ne Art Schadenfreude. Es gibt so einen Punkt, wenn der überschritten ist, nimmt ein Mensch nichts mehr wahr.

Ich war sechzehn, als ich es meiner Mutter sagte. Wirklich, sie hat richtig herzlich gelacht, als hätte ich einen ursten Witz gerissen. So mit auf die Schenkel schlagen und nicht mehr werden.

Das ist vielleicht die schäbigste Form, ignoriert zu werden. Mal angenommen, mein Bruder wär' mit so einer Nachricht gekommen, den hätte sie ernst genommen. Klar, weil er ein Junge ist.

In meinem Innern hab ich sie an dem Tag das erste Mal dumme Ziege genannt. Ich war so trotzig, daß ich ihr ankündigte, wenn sie mich nicht ernst nimmt, würde sie ihr blaues Wunder erleben.

Ich ließ mir die Haare total kurz schneiden und trug nur noch Männerklamotten. Wenn sie vor irgendwelchen Freundinnen erklärte, daß sei meine besondere Art, die notwendige Ablösung von den Eltern voranzutreiben, hab ich den Freundinnen klipp und klar erklärt, die Klamotten trage ich, weil alle Lesben so was tragen. Wirklich, die haben alle Muttern geglaubt. Im Grunde konnte ich tun was ich wollte, ich wurde nicht ernst genommen.

Ich hatte dann so eine Phase, in der ich alle Frauen, die mir gefielen, vor meiner Mutter zu Lesben machte. Sie konnte total ausrasten, wenn ich beim Fernsehen seelenruhig raus haute, daß die von ihr so verehrte Romy Schneider mit der und der eine richtige Beziehung hatte.

Sie krähte hysterisch zurück, daß das in ihren Augen eine Unverschämtheit sei, so einen Star in den Dreck zu ziehen.

Diese Äußerlichkeiten sind für mich inzwischen belangloser Ramsch. Ich muß nicht mehr auf mich aufmerksam machen. Wer mich nicht wahrnehmen will, der läßt es bleiben, ich leide nicht mehr darunter.

Lesbe ist die konsequenteste Form aus der Frauenrolle auszusteigen. Und ganz einfach, wenn man lesbisch ist, weil man nur zu sich stehen muß. Protest-Lesbe kannst du nur für eine bestimmte Zeit sein, weil deine Gefühle ansonsten verludern. Ich erlebe Frauen, die nicht zu ihrem Lesbischsein stehen können, weil sie denken, daß sie auf Dinge verzichten müssen, die ihnen unheimlich wichtig sind. Ich gehe davon aus, wenn ich will, kann ich eine Familie und Kinder haben und was da noch so alles dran hängt. Um das zu erreichen, benötige ich allerdings viel Phantasie. Die benutze ich im Moment für ganz andere Dinge.

Dirk, 18

Vielleicht bin ich in zwanzig Jahren wieder anders. Aber im Moment halte ich mich für schwul. Vor anderthalb Jahren gab's einen wichtigen Sprung in meinem Leben. Mir war bewußt geworden, daß ich mich allmählich immer stärker isolierte. Mir gefiel keine Party mehr, in der Disko hing ich nur rum, die Massenbesäufnisse am Wochenende hingen mir zum Halse raus. Zu Hause wurde die Luft immer dikker. Ich wohnte bei meiner Oma, weil es zur Arbeit näher war. Bei meinen Eltern habe ich alle paar Wochen nur noch Pflichtbesuche gemacht.

Es kam der Punkt, wo ich mir gesagt habe, so kann das nicht weitergehen. Irgend etwas muß sich ändern.

Ich hatte von der Lesben- und Schwulenberatungsstelle in

der Kulmer-Straße gelesen und habe dort einfach angerufen. Ob sie mir Einblicke geben könnten, habe ich sie gefragt und dann wurde ich zu einem Einzelgespräch bestellt.

Das war eben der Punkt, wo ich da angerufen habe. Inzwischen bin ich in der Coming out-Gruppe.

In der Gruppe sagen die meisten, daß sie schon sehr früh ahnten, daß sie schwul sein könnten. Das kann ich so nicht nachvollziehen.

Beim Sportunterricht habe ich mir die Jungen schon genauer angesehen. Auch auf der Straße. Aber ich denke, daß machen alle anderen auch. Männer in Magazinen haben mich nie interessiert.

Aufklärung in der Schule gab's nicht. Die Lehrerin kam rein, legte uns Bücher auf den Tisch und forderte alle auf, hineinzuschauen. Wer Fragen hat, kann fragen. Hinzugefügt hat sie noch, daß Aufklärung auf diese Art sich sehr bewährt hat. Danach hat sie sich verabschiedet und ist erst am Ende der Stunde wieder erschienen. Das war noch zu DDR-Zeiten in Marzahn.

Ich hatte mich in der 10. Klasse in meinen besten Freund verliebt. Gesagt hab ich ihm nichts. Breit getratscht hätte er nichts, aber ernst genommen hätte er mich auch nicht. Vorher hatte ich eine Freundin, wobei ich da mehr oder weniger nur so mitgeschwommen bin. Die Initiative ging ständig von ihr aus.

Ich habe mit dreizehn die Schule gewechselt, weil ich nicht mehr klarkam. Ich tanzte als einziger aus den Rahmen. Ich habe mich der strengen Rangordnung widersetzt und die blöden Regeln nicht beachtet. Zum Beispiel haben die Jungen nicht mit den Mädchen geredet, jeder bekam einen Platz zugewiesen. Mitunter bin ich mitten im Unterricht raus, weil sie mir das Leben zur Hölle machten. Meine Eltern bestanden dann auf Schulwechsel.

Ich hoffe, daß ich in dieser Coming out-Gruppe lerne, wie ich besser mit mir selber klarkomme. Ich möchte über mein Schwulsein zu Hause reden können, aber auch in meiner Ausbildungsklasse. Wenn die mich fragen, wo warst du gestern, möchte ich nicht nur sagen, daß ich „weg" war, sondern auf einer Schwulenfete. Bei der Lügerei fühle ich mich einfach schlecht.

Wir sprechen in der Gruppe über das Wie und Wann für jeden, so eine Art Taktik für das öffentliche Coming out. Meine Familie gehört zum Durchschnitt. Mutter würde es erst Mal nicht glauben wollen und Vater nicht tolerieren können. Da ist mein Vorgehen schon von Bedeutung. Ich weiß, daß zur Zeit ich und meine Eltern dafür noch nicht reif sind. Das kann in ein paar Wochen schon anders sein, kann aber auch nicht Monate dauern. Noch vor einem Jahr dachte ich, daß sage ich niemals.

Wir reden in der Gruppe auch darüber, wie wir uns am besten auf der Arbeit verhalten. Einfach raus damit, ist Quatsch. Es kommt sehr darauf an, was der Vorarbeiter und der Meister für eine Meinung von einem haben. Niemand wird dir sagen, wir haben dich nicht übernommen, weil du schwul bist, aber viele werden dich deshalb noch aussortieren.

Ich bin vorbereitet, wenn es auf der Arbeit rauskommen sollte. Vermutlich werde ich auch da nicht mehr lügen.

Von den Wünschen heiratslustiger Lesben und Schwuler

Ach, das könnte schön sein ...

Auf keinen Fall darf es so kommen, daß nur noch der Papst und die Homosexuellen die Ehe wollen.

David Scondras

Die im Sommer 1992 vom Schwulenverband Deutschlands gestartete „Aktion Standesamt“ hat die sogenannte „Homo-Ehe“ in die Schlagzeilen der Medien gebracht. Während ein Teil der Lesben und Schwulen – das Prominentenduo von Sinnen/Scheel vornweg – nach dem Startschuß dem amtlichen Trauschein hinterherjagt, schreit der andere Teil der Lesben und Schwulen laut und vernehmlich: „Mit uns nicht!“ Die unbedingt „heiraten“ wollen, sind inzwischen auf ihrem Gang durch die Institutionen beim Bundesgericht in Karlsruhe angekommen und haben eine Antwort auf dem Tisch.

Der Versuch, über die Gerichte gleiches Recht für Hetero- und Homopaare zu erstreiten, ist fürs erste mit der Begründung gestoppt, der Begriff Ehe beziehe sich im Grundgesetz allein auf Mann und Frau.

Einen Lichtstreif hat Volker Beck vom Schwulenverband in Deutschland ausgemacht, der in der Art der Abweisung der Klage durch das Gericht eine Einräumung von Bewegungsspielaum für den Gesetzgeber sieht. Beck: „Sie haben uns indirekt aufgefordert, jede einzelne Diskriminierung auf dem Rechtswege anzufechten.“ Die Richter gaben zu, daß der Gesetzgeber verpflichtet sein könnte, auch gleichgeschlechtlichen Paaren eine rechtliche Absicherung ihrer Lebensgemeinschaft zu ermöglichen.

Unter den Befürwortern hegen nur wenige die Illusion, daß die Übertragung der heterosexuellen Eheform auf die Homosexuellen automatisch befriedigendere Partnerschaften als bisher garantieren würde. Die Hoffnungen richten sich auf die Übernahme der Rechtsgarantien für Partnerschaften, die auch Lesben und Schwulen einen gewissen Schutz vor dem willkürlichen Zugriff von Institutionen und Beamten bieten könnte.

Der Einwand, die Forderung richte sich gegen die Interessen der Menschen, die aus den verschiedensten Gründen die bürgerliche Eheform ablehnen, läßt außer acht, daß realpolitisch gesehen die notwendigen Mehrheiten für die Abschaffung der Privilegien der bürgerlichen Ehe wesentlich schwerer zu organisieren sind als die Mehrheiten für die Durchsetzung der „Homo-Ehe". Mit anderen Worten, „Lieber den Spatz in der Hand als die Taube auf dem Dach". Das klingt resignativ, doch es ist durchaus denkbar, daß die moralische und rechtliche Gleichstellung jeglicher partnerschaftlicher Lebensformen ein nächster Demokratisierungsschritt in der bundesdeutschen Gesellschaft sein könnte.

In Dänemark, wo das Gesetz Lesben und Schwulen nun seit vier Jahren das Recht auf eine Registrierung ihrer Partnerschaft zubilligt, liegen inzwischen erste Erfahrungen vor. Von den rund dreitausend Registrierungen sind inzwischen schon wieder an die siebzig aufgelöst worden. „Wir wußten es doch", ist von den Gegnern in Deutschland zu hören, „einige dieser Ehen sollen nicht einmal drei Monate gehalten haben."

Auch wenn die Anzahl der Scheidungen fünfmal so hoch wäre, ins Gewicht fallen die Erfahrungen, die Lesben und Schwule in dieser für sie neuen Lebensform machen. Zunächst sind das ganz praktische. Die Gleichstellung im Vermögens-, Steuer- und Erbrecht führt zu erheblichen materiellen Entlastungen. Vor allem in Partnerschaften, in denen Krankheiten und Erwerbsunfähigkeit zu materieller Not geführt haben. Stirbt ein Partner, kann der Willkür der Hinterbliebenen nun ein Riegel vorgeschoben werden. Das Gesetz verpflichtet nun die Familie, die Wünsche des Verstorbenen voll zu respektieren.

STIMMEN

Was sagen Sie dazu, daß Hella von Sinnen und Cornelia Scheel einander heiraten wollen?
„Mir total egal"; „Kenn ich nicht, aber Hochzeit ist immer schön"; „Hoffentlich verwechseln die nichts!"; „Ich halte mich raus, ich bin Ausländer"; „Denen geht's sowieso viel zu gut!"; „Die können doch gar keine Kinder kriegen!"; „Das hat was mit Menschenrechten zu tun"; „Ich halte davon gar nichts"; „Wenn die auch dürfen, ist die Ehe noch weniger wert"; „Demokratisch wär's schon ..."

EHE – KINDER – LEBENSSTIL

Bernd, 32
Mein erster Freund ist im Alter von 28 Jahren gestorben. Ich habe nicht einmal gewußt, daß er tot ist. Kein Mensch hat mir gesagt, woran er gestorben ist. Wir haben uns beide auf dem Strich kennengelernt, er lebte nicht offiziell schwul. Bis auf eine Schwester wußte in seiner Familie niemand Bescheid.

Er wurde krank und kam auf eine Intensivstation. Kein Arzt gab mir eine Auskunft, weil keine Bevollmächtigung da war. Er konnte in seinem Zustand keine mehr schreiben. Über zehn Umwege habe ich rausbekommen, daß er verstorben ist. Da war er schon einige Tage nicht mehr am Leben. Die Familie kannte mich zwar, aber sie hatten keinen Grund, mich umgehend zu informieren, da sie mich für einen Bekannten unter anderen hielten.

Das möchte ich nicht noch einmal erleben. Ich würde es nicht noch einmal aushalten können. Wenn man einen Trauschein braucht, um ganz bestimmte Dinge auszuschalten, dann will ich auch einen. Was ist daran egoistisch?

Norbert, 21
Am Anfang meinte ich, sämtliche Vorstellungen über Liebe – ob hetero oder homo – sind überholt und belastet. Ich

wollte totale Freiheit im Sex. Entwickelt hat sich genau das Gegenteil. Ich suche einen festen Partner für eine möglichst enge Beziehung. Da liegt genau mein Problem.

Sandra, 25

Eigentlich bin ich ein Mensch, der Treue schätzt. Am Anfang ist eine monogame Beziehung okay. Bloß, sobald ich länger mit jemandem zusammen bin – sagen wir über zwei, drei Jahre –, gleitet die Beziehung ins Polygame. Das ist ja auch mit neuen Anstößen für die Partnerschaft verbunden. Das ist sehr wichtig, nur so kann ich leben. Ich sehe mich um, ich denke, ich brauche mal eine andere Frau.

Zusammenleben durchaus, aber nur in einer großen Wohnung. Jeder müßte seinen eigenen Bereich haben, eine eigene Privatsphäre. Das Gemeinsame sollte von dort ausgehen. Ich wehre mich vehement, sobald ich das Gefühl habe, man will mich besitzen. Übrigens von Beginn an.

Ein Kind ist vorstellbar für mich. Die Verantwortung möchte ich aber nur unter bestimmten Bedingungen eingehen. Im Moment habe ich wenig Lust, darüber intensiv nachzudenken. Wenn, dann Adoption.

Marina, 33

Ich habe ewig in sogenannten festen Beziehungen gelebt. Kein Tag, an dem man sich nicht sah und keine Ansprüche aneinander hatte. Meine Bedürfnisse haben sich inzwischen verändert. Diese ganz feste, eheähnliche Beziehung möchte ich nicht mehr. Eine Bindung schon, aber ich möchte eben auch mal einen Tag für mich sein können, mal eine Woche allein in Urlaub fahren, ohne daß sofort die Warnlampen angehen.

Ich bin inzwischen ein monogamer Typ, ein sexuelles Abenteuer ist für mich reizlos.

Ich war selbst eine, die sich lange gegen diesen Freiraum gewehrt hat. Brachte die Partnerin das Gespräch drauf, kamen Verlustängste auf. In diesem Moment war ich felsenfest davon überzeugt, sie will mir auf die schonende beibringen, unsere Beziehung geht dem Ende entgegegn.

Aus welchem Grund auch immer, ich hasse Rollen. Wir haben zwei Wohnungen, wir laden uns gegenseitig zum Essen ein, das Auto fährt, wer es benötigt, das Muster „Du kochst, ich bügele" gibt es bei uns nicht. Ich vermute, es funktioniert, weil wir nicht in das Gegenmuster „Wir machen alles ganz unkonventionell" geraten sind.

Heiraten würde ich zur Zeit nicht wollen.

Das Recht, meine Freundin heiraten zu können, ist mir wichtig. Gebrauch würde ich im Moment davon nicht machen, aber in zwei Jahren kann das schon anders aussehen. Für das Recht setze ich mich auch ein.

Nach meinem Coming out hatte ich den Wunsch nach einem Kind beiseite gelegt. Dann passierte mir in Bulgarien ein Unglück, ich wurde vergewaltigt. Ich wurde schwanger und habe lange, lange überlegt, unterbreche ich die Schwangerschaft oder nicht.

Für den Abbruch habe ich mich entschlossen, weil ich befürchtete, das Kind muß einmal ausbaden, was dieser Typ mir angetan hatte.

Für das Adoptionsrecht bin ich unbedingt. Wenn ich höre, daß viele Lesben und Schwule in den USA sich über künstliche Befruchtung Kinder anschaffen, dann finde ich das okay. Ich gehe davon aus, Eltern kann man nicht genug haben.

Von Großfamilien geht für mich was Faszinierendes aus. Ich denke, daß Kinder, die in einer großen Familie aufwachsen, den sozialen Umgang miteinander sehr früh erlernen. Dabei ist wichtig, daß ihnen ein umfangreicheres Erfahrungsfeld zur Verfügung steht als einem Kind, das möglicherweise nur mit einem Elternteil groß wird. Es ist ein Vorurteil, zu dem unheimlich schnell gegriffen wird, daß Kinder mit lesbischen Eltern benachteiligt sind. Benachteiligt sind die Kinder, die von ihren Eltern nicht geliebt werden.

Thomas, 24

Seit knapp zwei Jahren lebe ich mit meinem Freund in einer Wohnung. Eine Beziehung, die man als offen bezeichnen könnte. Ich mag aber das Wort offen nicht, weil es sofort keine richtige Beziehung assoziiert. Sex mit anderen kommt vor, hat mit unserer Beziehung aber nur wenig zu tun. Ja, ich liebe ihn.

Die Bedingungen für unsere Beziehung sind: einander vertrauen, alles voneinander wissen, wirklich ehrlich miteinander umgehen, über alles reden können. Habe ich Sex mit einem anderen, erzähle ich das, was er darüber wissen möchte. So viel Geilheit habe ich überhaupt noch nicht erlebt, so ein Satz kann durchaus zwischen uns fallen.

Umgang mit Sex ist ja generell ein schwieriges Thema in unserer Gesellschaft. Fremdgehen ist ein Mythos, mit dem man nur auf eine ganz bestimmte Weise umgehen darf. Wer davon abweicht, bricht ein Tabu. Worin besteht denn der riesige Unterschied, ob ich mit meinem Partner oder einem anderen ins Kino oder ins Bett gehe? Nimmt man es genau, könnte man beides als Fremdgehen bezeichnen, wenn ich jetzt mit einem Freund ins Kino gehe abends oder mit einem anderen Freund oder mit einem anderen Freund ins Bett gehe, wo ist denn der riesige Unterschied dabei? Man könnte ja beides, wenn man es genau nimmt, als Fremdgehen bezeichnen. Diesen Mythos Fremdgehen machen wir nicht mehr mit.

Die meisten in meinem Alter denken so. Der springende Punkt ist wirklich die Trennung zwischen Liebe und Sexualität. Gelebt wurde das schon immer, neu ist, daß wir auch öffentlich dazu stehen.

Die Gefahr, daß ich mich in einen anderen verliebe, besteht doch immer. Ich schätze, in einer monogamen Beziehung ist sie sogar höher. In einer Großstadt – ich rede nicht vom Dorf – begegnen einem viele schöne Männer, denen man lustvoll nachschaut. Mir kann keiner erzählen, daß diese Herausforderung für ihn nicht existiert. Auch wenn er in einer befriedigenden Beziehung lebt. Gelüste entstehen ganz natürlich.

Der Frust nach einer verpaßten Gelegenheit auch, also blocke ich so eine Begegnung nicht ab. Den Frust läßt man dann doch wieder an dem Partner aus, obwohl der gar nichts dafür kann.

Hatte ich einen schönen Abend mit einem anderen und bin am nächsten Tag zufrieden, bin ich um so zärtlicher zu meinem Freund. Niemand besitzt den anderen.

Ehe hat für mich so was Negatives, weil diese alten Moralvorstellungen mit einfließen. Selbstverständlich bin ich für gleiche Rechte. Insgesamt sollte man die Ehe überhaupt ad acta legen. Mir schwebt Gleichberechtigung für alle vor.

Leider ist zur Zeit Pflegschaft noch nicht möglich. Ein Junge aus der Stricherszene kann sich in einer normalen Familie nicht mehr zurechtfinden. Bei einem Schwulenpaar hätte er die größeren Chancen. Es geht nicht nur um Verständnis schlechthin, sondern so ein Junge hätte es bei einem Schwulenpaar mit Strukturen zu tun, die er besser annehmen könnte, weil er selber schwul ist. Dagegen steht die offizielle Moral, nach der Schwule ausschließlich aus sexuellen Motiven etwas tun. Ihnen wird doch sofort sexueller Mißbrauch unterstellt.

Ich könnte mir in meiner Arbeit im Stricherprojekt durchaus vorstellen, so eine Art Drehscheibe sein zu können. Schwule Paare wenden sich an mich, und ich könnte dann zusammen mit dem Jugendamt eine Pflegschaft organisieren. Im Moment wäre das allerdings noch ein krimineller Akt. Ich würde so eine Regelung sehr begrüßen.

Renee, 21

Ich habe überhaupt kein festes Bild. Ich warte einfach auf das, was auf mich zukommt. Ob einer nach dem andern oder zur gleichen Zeit mehrere, so Dreiecks- oder Vierecksgeschichten, ich sage nie, so muß es sein und nicht anders. Wenns mir nicht paßt, dann sage ich, so bitte nicht. Bieder möchte ich es nicht.

Bernd, 32

Egal wo, ich rede von meinen Mann, wenn ich von Frank spreche. Wir haben einen gemeinsamen Mietvertrag für diese Wohnung. Angenommen, Frank passiert was, ein Autounfall beispielsweise, dann könnten seine Brüder, mit denen ihn nicht sehr viel verbindet, hier mit Polizeischutz auftauchen und abräumen, was ihrer Ansicht nach Seins ist. Wir werden demnächst abschließen, was rechtlich zwischen uns möglich ist. Könnten wir ordentlich heiraten, würden wir uns so eine umständliche und aufwendige Aktion sparen. Ich will mit ihm alt werden, das steht fest. Egal, was ich für Kapriolen nebenbei schieße, mit ihm will ich in die Jahre kommen. Einen besseren Lebenspartner für den Alltag finde ich nicht. Er kocht gut, ist handwerklich begabt, er macht mir mein Leben ziemlich bequem. Die Wohnung ist unsere feste Burg, er beschützt mich.

In unserem Zusammenleben gibt's keinen Platz mehr für Kinder. Ich bin gern der liebe Onkel für die Kinder in unserem Familienumfeld, die wir beschenken und mit denen wir uns abgeben. Das Leben ohne Kinder ist einfach bequemer.

Adoptieren geht immer noch nicht, und mit einer Lesbe eins machen – nein. Wieder Verträge abschließen, damit du das Kind dann auch sehen darfst. Um einigermaßen über den Alltag zu kommen, müssen Lesben und Schwule eine Mappe nach der anderen mit Verträgen füllen. Exzentrisch „bis-zum-geht-nicht-mehr" können die Heteros sich uns vorstellen. Nur als ganz normale Menschen nicht, denn dann würden sie sich ja von uns nicht mehr unterscheiden.

Ich gehe viel fremd. Zweimal kam ich in Versuchung, mich dabei zu verlieben. Da habe ich gestoppt. Wir reden nicht mehr drüber. Anfangs schon, dann habe ich es irgendwann gelassen, weil ich merkte, daß es ihn verletzte. Ich gehe weg und berichte darüber nicht mehr. Es muß sein, ist aber relativ unwichtig. Ich bilde mir ein, ich bin ihm seelisch treu. Ich habe nie von ihm verlangt, daß er es nicht machen darf.

Thomas, 20

Im Moment sehe ich keine Defizite für mich als Schwulen. Nein, ich habe einen Freund, ich fühle mich gut. Ich hab mir auch schon Gedanken gemacht, wie das in zwanzig, dreißig oder mehr Jahren aussehen könnte. Im Alter ohne Wärme und Geborgenheit, das könnte schwierig sein. Ich denke mir, wenn du bis dreißig keinen hast, wird es wirklich schwierig. Über dreißig – stelle ich mir vor – bin ich nicht mehr attraktiv genug. Das ist ja so bei Homosexuellen, daß vor allem die Jugend zählt. Eine Antwort habe ich darauf nicht gefunden, aber es drängt ja auch nicht. Im Moment sehe ich die Tatsache, daß ich mal keine Familie haben werde, nicht als Defizit.

Monika, 27

Ich lebe mit meiner Freundin seit sieben Jahren zusammen. Wir verliebten uns ineinander, brauchten aber lange Zeit, um uns zu finden. Wir haben uns getroffen und stundenlang miteinander geredet. Es ist vorgekommen, daß sie nach so einer durchquatschten Nacht schnell nach Hause ist, um den Jungen in den Kindergarten zu bringen. Sie wußte, daß ich lesbisch bin. Irgendwann hat es dann gefunkt.

Ich war im letzten Sommer mit meiner Freundin auch auf dem Standesamt im Prenzlauer Berg. Ich bin dafür, daß auch wir die Möglichkeit einer legalisierten Bindung bekommen. Wir machen uns Sorgen um den Jungen meiner Freundin. Passiert ihr etwas, muß er automatisch zu seinem Vater zurück. Der Junge hat zwar Kontakt zu ihm, aber seine Bezugspersonen sind wir.

Die auf dem Amt haben uns angeschaut, als ob wir vom Mars kommen. Mit einem Schlag kamen die Mitarbeiter aus ihren Zimmern und gingen alle Kaffee holen.

Ob mit oder ohne Trauschein, wir werden in jedem Fall zusammenbleiben. Ich bin schwanger, und wir werden demnächst unser zweites Kind haben.

In Holland gibt es eine Stiftung für lesbische Mütter. Ich bin hingefahren und habe mich beraten lassen. Wir haben uns beinahe zwei Jahre um einen Spender bemüht. Ein Rechtsanwalt teilte uns mit, daß es für einen Spender keine rechtliche Absicherung gibt. Angenommen, wir hätten in einem Papier auf Alimente verzichtet, könnte der Spender im Ernstfall damit nichts anfangen. Der Staat läßt solche rechtlichen Absicherungen nicht zu.

Aus der Bekanntschaft wollten wir niemanden bitten, denn wir hätten keinem garantieren können, daß wir nach fünf Jahren nicht doch mit irgendwelchen Forderungen kommen. Hätten wir einen schwulen Freund gebeten, hätte der irgendwann doch auf seiner Vaterschaft bestehen könnte. Wie einige lesbische Frauen vorgehen – zu einem vorher berechneten Zeitpunkt einen Mann über sich ergehen lassen –, wollte ich nicht.

Ein guter Freund vermittelte uns einen Spender, mit dem meine Freundin und ich uns mehrmals trafen. Wir sprachen über Konditionen und über die Risiken, die er dabei eingehen würde. Er bat um ein Vierteljahr Bedenkzeit. Geld wollte er nicht für das „bißchen Saft", wie er sich ausdrückte. Nach seiner Zusage haben wir Aids-Tests durchführen lassen und die nächsten Schritte eingeleitet, wie sie in Holland üblich sind. Er kennt unsere Adresse nicht, wir seine auch nicht. Familiennamen wurden nie genannt.

Sollte mir und meiner Freundin einmal etwas zustoßen, wird er über unseren Freund informiert und entscheidet dann selbst, was er für richtig hält. Das haben wir vereinbart.

Für meine Freundin und mich passiert etwas ganz Großes. Wir wissen, was auf uns zukommt. Der Junge ist jetzt zwölf Jahre, und wir sind der Meinung, daß er uns prächtig geraten ist.

Die Eltern meiner Partnerin taten sich ein bißchen schwer. Gar nicht so leicht, wenn aus der besten Freundin der Tochter auf einmal die Geliebte wird. Darüber mußten sie erst einmal weg. Ihre Reaktion auf unser Kind ist der Beweis, daß sie es gepackt haben. Sie sind genauso begeistert wie meine Eltern.

Ich vermute, bei vielen Eltern wird die Abwehr dadurch ausgelöst, daß sie mit Homosexualität sofort Kinderlosigkeit assoziieren. Für die, die nur ein Kind haben, bricht auch aus diesem Grund eine Welt zusammen.

Im Krankenhaus muß ich sagen, daß ich nicht weiß, wer der Vater ist. Ich habe von einer Frau gehört, die auf die Frage nicht antworten wollte. Sie kannte den Vater, wollte aber seinen Namen nicht nennen. Der Name wurde regelrecht von ihr herausgepreßt, als sie gezwungen war, Sozialhilfe zu beantragen. Sie bestanden darauf, den Vater in die Regelung einzubeziehen. Solche Befragungen will ich mir ersparen. Ich werde sagen, ich kenne ihn nicht, basta. Ich werde mich auch hüten, denen zu erzählen, wie mein Kind gemacht wurde.

Als Lesbe habe ich keine Chance bei einer Samenbank, auch bei Pflegschaft und Adoption ist das Recht gegen mich. Meinen Wunsch nach einem Kind oder mehreren kann ich mir in diesem Land nur auf sehr verschlungenen Wegen erfüllen. Gegenüber schwulen Männern haben Lesben es dabei viel leichter. Tragisch finde ich, daß viele Lesben und Schwule den Wunsch nach Kindern von vornherein in ihren Köpfen streichen.

Von Menschen, die nicht zusammenleben dürfen

Wenn Behörden Schicksal spielen

Es gibt eben in Deutschland keine harmlose Normalität. Zu ihr gehört immer schon die feine Witterung für Anzeichen kleinster Differenz und der Hang zum Minoritätenmord.

Eisenberg/Gronemeyer:
Jugend und Gewalt

Walther

Von 1982 bis 1986 habe ich mich im Heimatland meines Freundes aufgehalten. Kennengelernt haben wir uns 1984. Im Mai 1986 bin ich nach Deutschland zurück. Er kam zwei Monate später mit einem Touristenvisum nach. Seinerzeit war ich noch naiv genug anzunehmen, man könne sich hier in Deutschland – sofern man dem Staat nicht zur Last fällt und privat versorgt wird – ohne Probleme aufhalten. Bevor das Visum ablief, haben wir einen Antrag auf Verlängerung des Aufenthalts mit der Begründung „homosexuelle Lebensgemeinschaft" gestellt. Im Juni 1987 nahmen wir den Antrag zurück, da eine Ablehnung absehbar war und ich die Absicht hatte, Deutschland zu verlassen. Da sich aber plötzlich beruflich eine sehr gute Chance bot, blieb ich hier.

Bis Februar 1990 war alles offen. Mein Freund reiste mit einem Touristenvisum ein, und wir stellten sofort den Antrag auf Verlängerung. Als Grund führten wir unsere schwule Lebensgemeinschaft an, was ja auch den Tatsachen entsprach.

Mit Schreiben vom 23.7.90 lehnte die Ausländerbehörde in Friedberg den Antrag auf Verlängerung ab. Die ausführliche Begründung kam am 7.9.1990. Darin heißt es, an meinen Freund gerichtet: Ihr privates Interesse, künftig mit Herrn G. in einer Lebensgemeinschaft zusammenzuleben, muß letztendlich hinter dem öffentlichen Interesse an der Einhaltung der ausländerrechtlichen Bestimmungen zurückstehen.

Der Einspruch unseres Anwalts wurde am 31.10.90 von dem Regierungspräsidium in Darmstadt zurückgewiesen. Darin wird wieder mit dem Grundgesetz gedroht: Eine Anwendung dieser Grundsätze auf nicht-eheliche Lebensgemeinschaften scheidet jedoch aus, unabhängig davon, ob die Partner gleich- oder verschiedengeschlechtlich sind, da die Vorschrift des Artikels 6 eine wertentscheidende Grundsatzform nur und gerade für die eheliche Lebensgemeinschaft enthält.

Am 4.4.1991 kam es zu einer Anhörung in der Ausländerbehörde Friedberg, die letztlich negativ für uns endete, jedoch auch einen Hoffnungsschimmer enthielt. Indirekt wurde uns nahegelegt, eine politische Entscheidung über das hessische Innenministerium zu erwirken. Bis heute haben wir keine Antwort darauf erhalten.

Am 28.2.92 erhielten wir die endgültige Ablehnung unseres Einspruchs beim Regierungspräsidium. Auch hier ließ uns ein winziger Satz hoffen: In Betracht käme eine Gestattung des Aufenthalts im Ermessenswege nach § 7(1) AuslG. Aber auch daraus wurde nichts. Der Ton in unserem Schriftwechsel wurde immer schärfer. Am 8.12.1992 beschloß dann das zuständige Verwaltungsgericht Gießen, unseren Antrag auf Aufhebung der Ausreiseverfügung zurückzuweisen. Seitenlang wird uns ein Formfehler erklärt, der uns passiert war, und daß die Behörde dahintergekommen sei, daß mein Freund als Schüler des Goethe-Instituts wieder eingereist sei, obwohl er in Wirklichkeit nur das Führen einer homosexuellen Lebensgemeinschaft im Sinn gehabt habe. Vom Arzt wurde uns bestätigt, daß er und ich psychisch stark angeschlagen waren. Würde der Amtsarzt uns das bestätigen – so verlautete es aus dem Regierungspräsidium –, bestünde noch Hoffnung. Die war hin, als in der Nacht zum 25.3.1993 zwei Polizeibeamte meinen Freund in Abschiebehaft nahmen.

Dies waren mit Abstand die schlimmsten Stunden meines bisherigen Lebens. Mein Mund war so trocken, daß ich meinte, ersticken zu müssen. Ich begab mich sofort zur Ausländerbehörde und setzte mich dort vor die Tür, bis sie öffneten. Sie ließen ihn frei unter der Bedingung, daß ich die Berufung gegen den Gerichtsbeschluß zurücknahm und den Antrag auf Visum aus humanitären Gründen fallenließ. Mir blieb keine andere Wahl, zumal sie meinem Freund gestatteten, bis Ende Juli zu bleiben. Das ermöglichte ihm, im Juni seine externen Prüfungen zur Realschulreife abzulegen.

Der Amtsarzt äußert in seinem Gutachten, daß die ungerechtfertigte Härte der behördlichen Maßnahmen unsere körperliche und seelische Verfassung beeinträchtigt habe.

Wie angeordnet, reiste mein Freund am 28.7.1993 aus und stellte in seinem Heimatland erneut einen Antrag auf Einreise nach Deutschland, um mit mir in einer Lebensgemeinschaft zu leben. Schon auf der deutschen Botschaft erhielt er die erste Antwort: Dafür gibt's kein Visum, es ist sinnlos.

Von meinem Anwalt wurde mir mitgeteilt, daß ein Herr L. aus dem Regierungspräsidium auf den erneuten Antrag geäußert habe, daß mein amtsärztlich bestätigter labiler Gemütszustand die zuständige Gesundheitsbehörde zum Handeln zwinge (zwecks Internierung in der Psychiatrie!), aber niemals zu einem Einreisevisum für meinen Freund führen würde. Das Attest sei eine Erpressung der Bundesrepublik Deutschland.

Am 28.6.1993 haben wir über unseren Anwalt eine Petition an den hessischen Landtag übermittelt. Wir bitten um die Erteilung einer Aufenthaltserlaubnis aus humanitären Gründen. Der Petitionsausschuß hat bereits einmal darüber getagt und die Entscheidung verschoben.

Die meisten Schwulen, die vor ähnlichen Problemen stehen und mit denen ich geredet habe, reagieren mit Unverständnis. Die lassen sich erst gar nicht auf diese Behörden ein. Das einfachste ist immer noch die Scheinehe.

Glossar

Aids
Aids wurde anfang der achtziger Jahre entdeckt. Es ist eine Infektionskrankheit, die durch das Virus HIV ausgelöst wird. Die Abwehrkräfte des Körpers werden nach und nach bis zum Zusammenbruch des Immunsystems abgebaut.

Übertragen wird das Virus hauptsächlich bei ungeschütztem Geschlechtsverkehr mit einem HIV-positiven Menschen. Die Benutzung infizierter Fixerbestecke ist eine weitere Übertragungsmöglichkeit. Die Infektionsgefahr bei Bluttransfusionen konnte bisher nicht vollkommen ausgeschlossen werden.

Analverkehr
Der Penis wird in den After des Geschlechtspartners eingeführt. Diese Variante des Sexualverkehrs wird von Heterosexuellen und Homosexuellen praktiziert. Die heterosexuell dominierte offizielle Moral tabuisiert Analverkehr und drängt ihn in die pornographische Ecke.

Antidiskriminierungsgesetz
Wird von der deutschen Lesben- und Schwulenbewegung gefordert. In diesem Gesetz sollen Homosexuelle in allen Rechtsbereichen mit Heterosexuellen gleichgestellt werden. Damit könnten Lesben und Schwule ihre Rechte vor Gericht einklagen. In über 40 Einzelgesetzen sind Änderungen nötig, um Gleichberechtigung für Homosexuelle herzustellen.

Das Grundgesetz kann Homosexuellen keinen ausreichenden Schutz vor Benachteiligung bieten. Der Schwulenverband in Deutschland (SVD) fordert die Aufnahme der sexuellen Identität in den Gleichbehandlungsartikel 3 des Grundgesetzes.

In der Brandenburger Landesverfassung (siehe Landesverfassung Brandenburg) wurde die sexuelle Identität in den Gleichbehandlungsartikel bereits aufgenommen.

Ausdrücke, die zur Abwertung schwuler Männer benutzt werden
Arschficker, Fummeltrine, Kinderficker, Halbseidener, Hinterlader, Hundertfünfundsiebziger, Schwanzlutscher, Schwuler, Schwuchtel, schwule Sau, Schwulibert, Trine, Tucke, Tunte, warmer Bruder, vom anderen Ufer

Ausdrücke, die zur Abwertung lesbischer Frauen benutzt werden
Kesser Vater, Lesbe, Lesben-Votze, lesbische Ziege, Mannweib, Schäferhund, Terror-Lesbe

Bundesverband Homosexualität (BVH)
Organisation schwuler Männer in Deutschland

Coming out
Damit wird die Phase bezeichnet, in der sich eine Frau bewußt wird, daß sie lesbisch, und ein Mann, daß er schwul ist. Unterschieden wird zwischen einem inneren und äußeren Coming out.

Das äußere Coming out ist die Einweihung des sozialen Umfeldes in die eigene Homosexualität.

Cruising
Aus dem englischssprachigen Raum entlehnter Begriff, der das Ritual des Sichkennenlernens schwuler Männer in sogenannten Cruising-Areas beinhaltet. Dies können ganze Stadtviertel sein, wie beispielsweise das Gebiet um die Castro Street in San Francisco, aber auch Parks, Schwimmbäder oder Gaststätten. Jährlich wird ein „Gay-Guide“ herausgegeben, in dem die wichtigsten Cruising-Areas auf der ganzen Welt aufgelistet sind.

Homosexualität
Die Liebe zum eigenen Geschlecht. Das Wort ist im Zuge der Pathologisierung der das gleiche Geschlecht liebenden Menschen von Medizinern im 19. Jahrhundert geprägt worden.

Homosexuelle Frauen bezeichnen sich als Lesben, homosexuelle Männer bezeichnen sich als Schwule.

„Homo-Ehe“
Gemeint ist eine vom Staat per Gesetz abgesicherte Beziehung zwischen zwei Partnern des gleichen Geschlechts. Pate steht hierbei selbstverständlich die heterosexeuelle Eheform.

Homophobie
Die irrationale Angst der Heterosexuellen vor Homosexualität. Ihr extremster Ausdruck ist brutale Gewalt gegen Lesben und Schwule. In ihren verschiedenen Formen spiegelt die Homophobie die in der Gesellschaft vorhandenen Vorurteile gegenüber Homosexuellen wider.

Homosexuellenbewegung
Die Entwicklung der politischen Homosexuellenbewegung in Deutschland beginnt am Anfang dieses Jahrhunderts. Ein erster Höhepunkt ist in den zwanziger Jahren erreicht. Die Machtergreifung der Nazis bedeutet die Zerschlagung der Bewegung. Erst zu Beginn der siebziger Jahre gründet sich in der Bundesrepublik eine neue Homosexuellenbewegung. Viele lesbische Frauen schließen sich der in dieser Zeit erstarkenden Frauenbewegung an. Etwa zehn Jahre später folgt in der DDR unter dem Dach der evangelischen Kirche eine auf die Situation in der DDR ausgerichtete Lesben- und Schwulenbewegung. Einige Jahre später gründen sich auch in anderen gesellschaftlichen Bereichen Homosexuellengruppen, in denen Lesben und Schwule gemeinsam arbeiten.

Klappe
Öffentliche Herren-Toiletten, die seit Jahrhunderten als Schwulentreffpunkte dienen. Sex wird in verschiedenen

Formen vor Ort betrieben. Viele schwule Paare haben sich hier kennengelernt.

Landesverfassung Brandenburg
Artikel 12 (Gleichheit), Absatz 2
Niemand darf wegen seiner Rasse, Abstammung, Nationalität, Sprache, seines Geschlechts, seiner sexuellen Identität, seiner sozialen Herkunft oder Stellung, seiner Behinderung, seiner religiösen, weltanschaulichen oder politischen Überzeugung bevorzugt oder benachteiligt werden.

Lesbe
Homosexuelle Frau

Lesbenszene
Die Gesamtheit der in Großstädten verfügbaren Treffpunkte für lesbische Frauen. Vorwiegend Gaststätten, Bars und Selbsthilfegruppen. In den letzten Jahren hat sich das Angebot um Beratungs- und Kontaktstellen für Frauen erweitert.

Oralverkehr
Befriedigung des Partners mit dem Mund

Ödipuskomplex
Von Sigmund Freud eingeführte Bezeichnung für die sich in der frühkindlichen Phase entwickelnde libidinöse Beziehung zu den Eltern, speziell die des Jungen zur Mutter.

§ 175
Laut Koalitionsvereinbarung wird der § 175 im Jahre 1994 durch eine einheitliche Jugendschutzvorschrift (16 Jahre) ersetzt.

In den 120 Jahren seiner Existenz wurden Tausende von Männern nach § 175 verurteilt. Während der Herrschaft des Nationalsozialismus wurden in Deutschland viele der nach diesem Paragraphen verurteilten Männer in Konzentrationslager gesteckt und dort umgebracht.

Voraussichtlich wird es im Bundestag keine ersatzlose Streichung geben. Vorgesehen ist der § 182 StGB, der eine geschlechtsneutrale Regelung des Jugendschutzes anstrebt. Das einheitliche Schutzalter soll 16 Jahre betragen. Jugendliche werden kein Widerspruchsrecht gegen die Einleitung eines Strafverfahrens haben.

Pädophilie
Sexuelle Neigung zu Kindern oder Jugendlichen gleich welchen Geschlechts

Safer Sex
Eine Technik, die die Möglichkeit einer HIV-Infektion stark minimiert. Safer Sex umfaßt weit mehr als das Benutzen von Kondomen

Schwulenszene
Subkultur der schwulen Männer. Vorwiegend in Großstädten umfaßt sie eine Vielzahl von Treffpunkten für Schwule: Beratungsstellen und Selbsthilfegruppen, Gaststätten, Bars, Schwimmbäder, Saunen, Parks, öffentliche Toiletten. In ihrer konkreten Erscheinungsform spiegelt sie auch immer das Ausmaß des Freiraums, das der Staat dieser Minderheit einräumt.

Schwulenverband in Deutschland (SVD)
Organisation schwuler Männer in Deutschland

Schwuler
Homosexueller Mann

Selbsthilfegruppen
Es gibt inzwischen in allen Bundesländern ein gut funktionierendes Netz von Selbsthilfegruppen für Lesben und Schwule. Die Anschriften sind bei allen Stellen der Aids-Hilfen, des Deutschen Kinderschutzbundes, in den Jugendämtern und Elternzentren zu haben.

Die Anschriften des speziell für junge Lesben und Schwule

gegründeten Jugendnetzwerkes LAMBDA sind auf Seite 170 aufgeführt.

Strich
Seit dem Mittelalter das deutsche Volkswort für Bordell- oder Hurenstraße. Männliche Stricher sind in Deutschland vor allem auf Bahnhöfen und in speziellen Stricher-Kneipen anzutreffen. In der Umgangssprache der Schwulen werden mit Strich auch Treffpunkte bezeichnet, in denen sich Männer kennenlernen, ohne Geld für Sex zu verlangen.

Tunte
Ausdruck für einen femininen Schwulen

Literatur

Beck, V.: Junge Welt, 14.10.1993
Bochow, M.: Einstellungen und Werthaltungen zu homosexuellen Männern in Ost- und Westdeutschland. AIDS – eine Forschungsbilanz, Berlin 1993
Brown, R.M.: Interview in Junge Welt, 3.11.1993
Der Wecker, Schülermagazin des Hansa-Gymnasiums in Hamburg-Bergedorf, Nr.121/1992
Dörner, G.: Sexual Endocrinology and Terminology in Sexology. In: Experimental and Clinical Endocrinology, May 1988
Eisenberg/Gronemeyer: Jugend und Gewalt, Rowohlt 1993
Eltern, Zeitschrift, Oktober 1993
Hiller, W.: Antischwule Gewalt in Niedersachsen, Studie – Niedersächsisches Sozialministerium
Isay, R.A.: Schwul sein, Serie Piper 1993
Johnson, E.M.: AIDS – Was du tun mußt, damit du es nicht kriegst, wenn du es tust. Carlsen, 1993
Ranke-Heinemann, U.: Zitat, Junge Welt, 6.10.1993
San-Francisco-Chronicle, Tageszeitung vom 16.7.1993
Sigusch,V.: In: Wochenpost, Nr. 32, 5.8.1993

Wichtige Anschriften für Eltern, die Hilfe und Unterstützung beim Coming out ihres homosexuellen Kindes suchen

Elterngesprächsgruppen

Elterngesprächsgruppe Aachen
Aachener Kontaktstelle für Selbsthilfe
Kaiserplatz 19 – 21
52062 Aachen
☎ 0241 – 49009

Elterngesprächsgruppe Augsburg
Matthias-Wahl-Str. 1
86343 Königsbrunn
☎ 08231 – 6308

Elterngesprächsgruppe Berlin
Kommunikations- und Beratungszentrum
Kulmer Str. 20 a
10783 Berlin
☎ 030 – 2152000

Elterngesprächsgruppe Bochum
Rathausplatz 2 – 6
VHS-Bochum
44787 Bochum
☎ 0228 – 19446

Elterngesprächsgruppe Braunschweig
Böchlingstraße 34
38106 Braunschweig
☎ 0531– 334473

Elterngesprächsgruppe Bremen
Rat- und Tat-Zentrum
Theodor-Körner-Str. 1
28203 Bremen
☎ 0421 – 700007

Elterngesprächsgruppe Dortmund
Lütgenholthauser Str. 99
44225 Dortmund
☎ 0221 – 711208

Elterngesprächsgruppe Dresden
KISS
Lingner Platz 1
01006 Dresden
☎ 0351 – 4846358

Elterngesprächsgruppe Düsseldorf
Evangelische Markusgemeinde
Sandträgerweg 101
40468 Düsseldorf
☎ 0211 – 278499

Elterngesprächsgruppe Freiburg
Rosa-Hilfe Freiburg e. V.
Eschholzstr. 19
79106 Freiburg
☎ 0761 – 25161

Elterngesprächsgruppe Hamburg
Schmilinskystr. 7
Intervention e. V.
20099 Hamburg 1
☎ 040 – 240402

Elterngesprächsgruppe Hannover
Home e. V.
Johannsenstr. 8
30195 Hannover
☎ 0511 – 8092495

Elterngesprächsgruppe Karlsruhe
Pro Familia
Kaiserstr. 209
76133 Karlsruhe
☎ 0721 – 127441

Elterngesprächsgruppe Koblenz
Horchheimer Höhe 13
56076 Koblenz
☎ 0261 – 72313

Caritas-Verband e. V.
Max-Josef-Metzger-Str. 3
Beratung für Homosexuelle und deren Angehörige
39104 Magdeburg
☎ 0391 – 38075

Elterngesprächsgruppe Magdeburg
bei AIDS-Hilfe Magdeburg e.V.
Schäfferstr. 28
☎ 0391 – 616133

Elterngesprächsgruppe Mannheim
SCHAM
Postfach 12 18 41
68069 Mannheim
☎ 06322 – 980592

Elterngesprächsgruppe Münster
MIKS (Münsteraner Informations- und Kontaktstelle)
Herwarthstr. 2
48143 Münster
☎ 06322 – 980592

Elterngesprächsgruppe Neumünster
Pro Familia
Goebenplatz 4
24534 Neumünster
☎ 04321 – 13315

Elterngesprächsgruppe Nürnberg
Fliederlich
Luitpoldstr. 15/II
90402 Nürnberg
☎ 0911 – 222305

Elterngesprächsgruppe Osnabrück
Lagerhalle e. V. (Coming-out-Gruppe)
Rolandsmauer 26
49074 Osnabrück
☎ 0541 – 22722

Elterngesprächsgruppe Stade
Kibis
Johannes Kloster 11
21680 Stade
☎ 04141 – 92090

„Zentrale (Zentralarchiv)“
Herner Str. 1
44139 Dortmund

Wichtige Anschriften des schwul-lesbischen Jugendnetzwerkes LAMBDA, wo junge Lesben und Schwule jederzeit Informationen und Unterstützung erhalten können.

Jugendnetzwerk LAMBDA
Chausseestr. 8
10115 Berlin
☎ 030 – 2087419

LAMBDA Berlin
Ackerstr. 12
10115 Berlin
☎ 030 – 2827990

Kontaktstützpunkt Bayern
Müllerstr. 38
Gleich & Gleich
80469 München
☎ 089 – 2603056

LAMBDA Bremen
Theodor-Körner-Str. 1
28203 Bremen
☎ 0421 – 71010

Landesverband LAMBDA Mecklenburg-Vorpommern
Dr.-Külz-Str. 3
19053 Schwerin
☎ 0385 – 800618

Jugendnetzwerk LAMBDA Niedersachsen
Karlstr.97
38106 Braunschweig
☎ 0531 – 344883

Schwules Jugendnetzwerk Nordrhein-Westfalen
Beethovenstr. 1
50674 Köln
☎ 0221 – 212966

Kontaktstützpunkt Rheinland-Pfalz
Rizzastr. 14
56068 Koblenz
0261 – 14991

Landesverband LAMBDA
Schwule und Lesben im Freistaat Sachsen
Louisenstr. 56
01099 Dresden
☎ 0171 – 3227142

Landesverband Thüringen
HIT, c/o Rittergut
99955 Lützensömmern
☎ 036041 – 41914

AtV **Texte zur Zeit**

Band 83

Jürgen Lemke
Hochzeit auf Dänisch

Man(n) und Männer

Originalausgabe

162 Seiten
14,80 DM
ISBN 3-7466-0091-X

„Du, wir sind eingeladen, zu einer Hochzeit in Kopenhagen. Mein alter Freund Erik heiratet seinen Lover Kim. Ich habe sofort zugesagt."
„Dürfen die denn das?" flötet Edgar zurück. „Ach ja, richtig, neuerdings. Hochzeit auf dänisch – wie chic."
Jürgen Lemke berichtet von einer Hochzeit, die in Deutschland bisher undenkbar ist, zeigt konträre Auffassungen zu gleichgeschlechtlicher Ehe und Familie auf, schreibt über deutsch-deutsche Erfahrungen Homosexueller, über AIDS.
Der Band enthält außerdem Interviews mit Christian Pulz, Holger Siemann, Hans-Georg Stümke und Outing-Verfechter Rosa von Praunheim.

AtV **Texte zur Zeit**

Band 8

Lew S. Klejn
Verkehrte Welt
In Breshnews Lagern

Essays

Aus dem Russischen von
Bernd Funck

Deutsche Erstveröffentlichung

176 Seiten
13,80 DM
ISBN 3-7466-0009-X

Lew Klejns Verhaftung im Jahre 1981 war vom KGB inszeniert. Wegen Homosexualität angklagt, verbrachte der Leningrader Archäologe fast zwei Jahre in Gefängnis und Lager. Diese zweite Welt des stalinistischen Systems ist streng geteilt: Im äußeren Kreis herrschen die Bewacher, im inneren fristen die Häftlinge ihr Dasein nach den Gesetzen des Ganovenehrenkodex.
Klejns fesselndes Psychogramm dieser Kastenordnung weitet sich zur aufregenden Analyse der Justiz und des Strafvollzugs in der späten Breshnew-Zeit.

AtV **Dokument und Essay**

Band 134

Konfliktverwaltung
Ein Zerrbild unserer Demokratie?

Analysen zu fünf innenpolitischen Streitfällen:
Memmingen-Prozeß,
Soldatenurteil,
Hamburger Hafenstraße,
Jenninger-Rede,
Kießling-Affäre

Herausgegeben von Ulrike C. Wasmuht

Originalausgabe

352 Seiten
18,80 DM
ISBN 3-7466-0144-4

Untersucht werden strukturelle Ursachen, aktuelle Dynamik und bisherige Regelung der angeführten politischen und sozialen Konflikte: In der Einleitung analysiert die Soziologin Ulrike C. Wasmuht den gesellschaftlichen Kontext der Fälle und fragt nach Alternativen, sie öffentlich aufzuarbeiten und gewaltfrei beizulegen.